文化随笔集 ■ 伊沙文化随笔集 ■ 伊沙文化随笔集 ■ 伊沙文化随笔集 ■ 伊沙文化随笔集 ■ 伊沙文化随笔集 ■ 伊沙文化随笔集 ■ 伊沙文化随笔集 ■ 伊沙文

图书在版编目(CIP)数据

无知者无耻／伊沙著．—北京:朝华出版社,2005.8
ISBN 7-5054-1354-6

Ⅰ.无… Ⅱ.伊… Ⅲ.文艺—文集

Ⅳ.I0-53

中国版本图书馆 CIP 数据核字(2005)第 097752 号

无知者无耻

著　　者　伊　沙
策　　划　新诗代
责任编辑　田　辉　马　艳
责任印制　赵　岭
装帧设计　美阿·朗博逊尔

出版发行　朝华出版社
地　　址　北京市车公庄西路35号　　　　邮政编码　100044
电　　话　(010)68433166(总编室)
　　　　　(010)68413840　68433213(发行部)
传　　真　(010)88415258(发行部)
印　　刷　北方工业大学印刷厂
经　　销　全国新华书店
开　　本　680×980 毫米　1/16　　　　字　　数　256 千字
印　　张　16.5
版　　次　2005 年 9 月第 1 版　2005 年 9 月第 1 次印刷
书　　号　ISBN 7-5054-1354-6/G·0723
定　　价　24.50 元

目 录

卷 B 一本骂人的书

卷 C "盘峰论争"

卷 D 自赏自析

无知者无耻

伊沙文化随笔集

伊沙有什么好玩的（序）

浅墨

1

伊沙好玩，好玩的人自然膀大腰圆，口气纵横，单枪跨马，点石成林。不说诗人伊沙，仅凭他这些一人当关，万夫斩杀的批评文章，足够让一大批"文学工作者"扫地陈仓！

其实，直到今天，我依旧没有亲眼目睹过他的模样。记得15年前，我前往西北，手中揣着一个电话号码便停下西安。为什么？因为他在。记不清楚为什么没有见面，可能他忙，也可能根本就拨错了电话。唉，既西安，必伊沙。多年过后，依然遗憾。好在江湖之大，从来都是狭路相逢，在不断被他的文字"张牙舞爪"着的年月，我始终在想：这位老哥到底长啥鬼样？

时间回到2004年，两次都是因为他，搞得我异常"难堪"。一次是在友人家借宿，在他的复式小阁楼，便明目张胆在床头摆着他的诗集《伊沙诗选》。那是我第一次也是最为彻底地阅读他的诗，憋着一口气读完，已是凌晨四点。那是难忘的一个夜晚，伊沙陪我度过了一段不眠的时光。也就是那个晚上，我第一次给他发了封邮件，没别的想法，只想告诉他，是他害得我一夜没有睡下。另一次是在北京展览馆的一个图书博览会，又是这个伊沙，一本《被迫过着花天酒地的生活》显摆在我面前，便随手翻翻，却再也放不下了。正是这个伊沙，让我花了16元钱买下。买下也就罢了，关键是这家伙的文字让你血气上涌，大有不"指点"一番决不罢休的手瘾。但热情一过，念头打消：写什么写，人家不乏追鼓，我凑什么热闹？万一老伊不领情，岂不寡趣？!

之所以说了这么多废话，只是想说明一点：伊沙的确好玩，其人其文，爱憎分明，书生意气，嬉笑怒骂，畅快淋漓。在这个无时无刻都需要面具套装的时代，能性情使然，始终坚持自己的内心，从不妥协身外"功名"之人，哪怕是面对那些与自己针锋相对的无名小辈，也极为认真，颇为好玩。他在《我的一天》一文中就不打自招："在网上总能碰到以假名骂我的家伙，我就毫不客气地回上几句——其实是玩。"有趣，难怪伊沙总会以一种"负责任"的态度为自己辩护，哪怕语言"拳脚相向"，绝不认输，十分率真可爱。

2

不是传统意义上的文人对文人间的唱和与驳难，伊沙从来都是率心而为，从不遮遮掩掩。把他的随笔简单归纳为文化品文或"学术"批评是不妥的。这是伊沙独有的文体，无论是对文化名流，还是诗歌"业内"人士，伊沙表现出难以想像的清醒话语让人瞠目。法郎士说，与其不透彻地理解许多事，不如理解的事不多，但都能彻底。可贵的是，伊沙理解的事情很多，却都能彻彻底底。他的笔，如同探照灯般横冲直撞，直面蒙尘的现实。当然，我们大可不必过于计较其中之是非。文章事，无非情致、趣味、观点，伊沙就是这样，从不妥协于"公众"的陈词滥调。他从不模棱两可，犹豫不决。他狂热而又理智，专断而又明晰。一支笔，便是他全部的武器。

也许是文人与生俱来之通病，看见（或者听见）什么，总忍不住要插上几嘴，不管人家爱不爱听，把话憋着，自是难受。伊沙就是这样，如同林中之鸟雀，木秀于山林，风必摧之。而鸟秀于林，则引来无数箭镞、猎枪、口诛笔伐，终为众矢之正果。被各种兵刃、枪弹追着围着的滋味虽不好受，但总算也坚持了一个文人的率真本性，自由的飞羽煌煌生辉。我曾戏侃伊沙就如同麻雀，其文便是"鸟评"。

大家都知道，麻雀是鸟类的"灰姑娘"，姥姥不疼舅舅不爱，我们伟大领袖毛主席，在1955年《征询对农业十七条的意见》中批示："除四害，即在七年内基本上消灭老鼠、麻雀、苍蝇、蚊子"（《毛选》第五卷第263页）。翌年，在正式通过的《纲要草案》第27条规定："从1956年起，分别在五年、七年、或十二年的时间内，在一切可能的地方，基本上消灭老鼠、麻雀、苍蝇、蚊子。"于是乎，全国上下，同仇敌忾，这些天生就爱说说闹闹的雀鸟们，可谓如履薄冰，不可终日，哪还敢"说话"，即便躲在家中闭门不出，也难逃灭巢之灾的噩梦。如今，世界上各种鸟类保护协会成立如雨后春笋，全中国的麻雀们都交好运了。而伊沙，于是如日中天，鸿运当头，刀光剑影，独立春秋，开创"鸟评"之先河。

"我不仅仅只是一个作家，我主要是有道德良知的人"。被誉为"美国公众的良心"的美国作家、批评家苏珊·桑塔格是这样概括自己的。伊沙的道德准测便是打破"集体"意识的迷乱和狂热。"如果谈论社会，我可以向伊沙宣战。伊沙的批评给许多人以悲观意识，虽然批评者个人可能显得很有力量，但批评给社会带来绝望"（崔健）。崔健的所指的"许多人"，估计会被许多人反对。何为悲观与绝望？真正的悲观与绝望是我们一味地认同和附和，那些所谓一成不变的公众准则。传媒的力量是强大的，但这种"强大"的面具背后，是那些日渐虚弱的身体和灵魂。伊沙悲观吗？显然不！要说悲观，也只能是"伟大的悲观"！

3

说到底，还得感谢伊沙的心血巨著《狂欢》。我坚信，这是一部史无前例的生命史诗。作家在小说中对主人公这位小人物焦虑、无奈、挣扎的生存状态的叙述和描写，让人同情，亦让人愤怒。小说主人公冯彪既不是福楼拜笔下的莫罗，也不是司汤达作品中的于连，他是伊沙笔下的"这一个"。从这一意义上来说，我们要为伊沙狂欢,狂欢伊沙为当代文学艺术画廊增添了一名个性独立、血肉分明的典型人物。当这部小说手稿几易周折到我手中,我顿时欢欣鼓舞——也就是在这一天,伊沙告诉我,这部小说(包括他另一部长篇巨作《迷乱》)终于被一家出版机构买断。我为他高兴。

"我在一月之内/连遭两次打击/就像在一次战斗中/连中两弹一般//那是我的心血巨著《狂欢》/在脱稿之后的头一个月里/接连被两家大社拒绝/拒绝的理由纯属于莫须有……"这是今年7月发表在《新诗代》上的一首诗。我特意着重在此将这首《打击》提出来,是因为:在宣告"打击"结束的时刻,是多么的轻松和快乐!

韩东曾扬言伊沙是一个"伟大的小丑"。大师也罢,小丑也罢,伊沙就是伊沙,"从不被经过的雨水搅浑"。这位1966年生于成都,中小学时代在西安读书,后毕业于北京师范大学中文系的吴胖子,"上世纪90年代崛起于诗坛,从此倍受关注也饱遭争议,被视为中国后现代主义诗歌的杰出代表,海内外舆论称其为'中国的金斯堡'。创作兼及随笔和小说,其文化批判性的随笔创作在当代文坛和广大青年读者中曾引起强烈反响与争议。其小说创作亦别具一格,引人注目,是目前小说界十分稀有的血性激情与幽默好读兼有之作。伊沙是世纪末的中国文坛最具反叛色彩的新锐作家,是提前跨入21世纪的先锋作家,他的作品代表着新人类的声音。"这些有关伊沙的文字,无疑是中肯的。

当我们内心疲惫,或心存疑虑,不妨将此书打开。记住:可以在地铁、公园、咖啡馆、剧院,也可坐在自家马桶之上……但不管在何处,伊沙还是伊沙,他在文学这株苍天大树上狂欢雀跃的"鸟评"必将在所有读者心中喧嚣不休,绕梁三匝。

2005年7月于北京回龙观

卷 A

骂骂李敖

小余咬老余

　　我以为被余杰这样的人一口咬住是一件极窝囊的事。如今，余秋雨正在经历着这种窝囊。这是上天用来戏弄精明人的游戏方式？——这个以精明为旗的上海人？

　　我之所以说老余窝囊是因为有个明摆着的前提存在，那便是这个小余反正是要咬人的，就看咬住谁的裤裆。尤其是当这个二十来岁的中国青年左手牵着索尔仁尼琴，右手牵着哈维尔，身后站着苏俄一百年来的圣人（我的丐帮同志王朔的如上描述堪称精彩绝伦），把自己武装到牙齿地成为一名时代的道德审判官之后，反正他是要咬人的。

　　我所看到的景象是小余一口咬住了老余的裤管，继而咬破了老余的裤裆，然后高叫着：瞧，他的屁股上有屎！在我等看客尚未看清这个屁股上到底有些什么的时候，老余已经以更高的分贝喊了出来：我的屁股上没屎，沾在我屁股上的东西不是屎而是其它。

　　在那样的年代，谁的屁股上没屎？不光是在那样的年代，谁的屁股上没屎？我没有经历过那样的年代，但我知道我裹在连裆裤中的屁股上有屎；同样没有经历过那样的年代，但我毫不怀疑小余裹在连裆裤中的屁股上同样有屎，谁都别以为自己能一身干净地说别人。至于那个老余，你经历过那样的年代，你也经历过别样的年代，你就真的像你自己论证的那么干净吗？你自己明明没法干净却要拼命把自己打扮成一香喷喷的干净人，你的问题就在这里。你就大胆承认你屁股上有屎又怎么了？用不着被人摁下头来做那种姿态性的忏悔，你承认自己的问题就是对自己的一种挑战，本来这是非常有意义的。

但现在这一幕却演成了双重丑剧。这个小的以过去老人的那一套用道德玩人，强迫别人吃下自己屁股上的屎。在这样的年代，任何一个以道德审判官的面目出现的人都是可耻的。老余身在泥潭心系牌坊的问题暴露搅乱了如此好局——让我们一起来审判一下审判官。

骂骂李敖

我厌恶李敖这么说金庸:"金庸在他写的小说里歌颂行侠仗义,笑傲江湖,但他在做人上,在生活上是个——'市侩'。他的文章和他的做人不统一,文章是一截,做人是另一截,所以金庸是'两截'。"

首先声明:我不是所谓"金庸迷",因为和李敖同志一样,我压根就不是金庸的读者。所以在此我不是为金大侠辩护,而是为一种公正的方法论。你这么说金庸,金庸又不想当"三好学生",莫非你李敖改行做了国中校长?和邓丽君不同,金庸不是脸圆或脸扁的问题,"只看过两页,就不看了"的人趁早闭上臭嘴,这类哑屁不放为宜!

"李泽厚我知道,但这个人太糊涂,不能谈哲学,没办法和他谈哲学。"

"钱钟书,这个人不久前死了,他念书念得一流,但学问做得很糊涂。"

我同样厌恶上述此类典型李敖式的狂话,我知道李敖的此类狂话颇能引起相当多的性情中人的快意,但我要说李敖不过是在玩性情,是在装疯卖傻。

真疯当然好,怕的是装疯;装傻当然好,怕的是真傻。

"五百年里,白话文写作的前三名,第一是李敖,第二是李敖,第三还是李敖……"

"我的白话文是第一流的,鲁迅他们的白话文其实很差,那种日本来的东西,大家都忽略了。我的不一样,我的文章五百年内不会落伍。"

唉!我能对这等傻话说些什么呢?这个人骂人状态好时是条汉子,状态不好时是个婆子——而且是小脚碎嘴的那种。

老金庸这一剑

小小文坛，真是人好玩，事好玩。

老金庸注定要在世纪之交成为一个热闹人，真是拦都拦不住。

这一回他是主动出击，这一回他表现得煞是可爱。"大侠"真是没有白叫。

这一回，他把一帮学者专家斥为"小学生水平"，不为别的，只为他们在《评点本金庸武侠全集》中的表现。

金庸有无资格评点评点金庸的人呢？当然是有的，而且在讲求资格的学术界大概是属于最有资格的一类人。

据南开大学教授、中国武侠文学学会会长宁宗一介绍说，金庸指责出简体本是一个聪明的盗版，这种说法大大伤害了评点的专家学者，金庸这些谈话是不慎重、不负责、不严肃的。宁宗一先生还向记者介绍了《评点本金庸武侠全集》的评点人名单，以图用事实说明这些人到底是不是"小学生水平"。

名单如下：

冯其庸　中国红楼梦学会会长，原中国艺术研究院副院长

王春瑜　中国社会科学院历史所研究员

周传家　北京市艺术研究所所长、研究员

冯统一　中国艺术研究院红楼梦研究所副研究员

陈　墨　中国电影研究中心研究员（并有金庸作品研究专著不

下 10 部)

　　么书仪　中国社会科学院文艺所研究员

　　严家炎　北京大学中文系教授、学部委员

　　孔庆东　北京大学中文系副教授、博士

　　朴　键　文化艺术出版社常务副社长、研究员

　　白维国　中国社会科学院语言所室主任

　　刘国辉　人民文学出版社社长助理、副编审

　　凌冠夫　原中国艺术研究院红楼梦研究所所长、研究员

　　陈四益　《嘹望》杂志社副主编、研究员

　　据宁宗一介绍，他们出版《评点本金庸武侠全集》是非常慎重的，各位专家都如此认为。

改什么改？

　　初听老金庸准备重改其武侠旧作的消息，不禁暗自乐了。脸上的笑容是那种不予人看的笑容，停了几秒钟之久。

　　我内心的第一反应他这是闲的。如果你看到一个德高望重的著名老者，老是在一些抛头露面的场合晃来晃去，他越忙，其实是越闲，越闲当然就越空虚。具体到金庸来说，当他在电视上怀着小孩般简单的爱国主义热情大谈 21 世纪是中国的世纪的时候，下得台来，他得到的只能是空虚。一个以作家立身的人，在远离写作的晚年，如何解除自己的空虚？大概惟有重返写作。所以我认为金庸是被他越忙越闲的空虚逼到写作上来的，但是回到写作，他发现自己其实已经写不了什么了，写不了还要写，便只好改改旧作，这样的修改是一种高级的自娱自乐——让此生赖以为靠的那点东西变得更为可靠一些吧！让晚年的心境变得更为踏实一些吧！除此还能做点什么呢？

　　我内心的第二反应是他把事儿真当了事儿了，我说的是武侠小说。金庸武侠激荡人心，这些被激荡了一下的人没有什么错，错的是一部分中国的知识分子，自己一被激荡，就愣要把激荡了自己的东西（不管那是什么）往他们心中的殿堂里抬，这么一抬进去就把老金庸给抬晕了，真把自己当了另外的一回事。他真以为自己的武侠需要老托尔斯泰对付《战争与和平》的开头那样改上 15 遍吗？他真以为自己的写作需要他跟老福楼拜似的熬成航海归来的水手们的灯塔吗？他真以为自己可以跟以上两位异国老天才似的对各自的母语有着神手再造般的巨大贡献吗？他真以为炎黄的后世子孙会以他的武侠小说作为学习汉语的范本而自己必须对此负责吗？武侠就是武侠，不管那些大骂后现代文化的人如何后现代地抬高它，它也只能是这种东西：钱赚少了就是它的"罪"，道载多了也不是它的"功"。想夺大力神杯的人，玩了只在东南亚地区开展的藤球（也许说成中国武术更合适），我不说项目有高低尊卑之分，只是你选错了项目啊！钱赚多了没人眼红，站在钱庄前面立地成佛，自然也没人当回事。就是如此。

即便真有反复修改之必要，那人到晚年修改旧作的效果又如何呢？不想展开谈什么了，只说我记忆中的一例：诗人田间晚年的时候修改了自己毕生的诗作，看到那首著名的《假使我们不去打仗》的修改稿时，我只想说：这首曾经沸腾过我的名作已被作者自己改得动员不了我。

身在"文学大省"

1

对我来说,这个"陕西文坛"、这个"文学大省"其实并不存在。我只知道有那么几个进城的农民蹲在这个地方写,写下了一堆趣味低下、腐朽透顶的东西,令我无法卒读。我确实很久没有完整地读过他们这些人的东西了,那种可笑的农民语言和弥漫在文字间的陈腐气息实在让我无法靠近。远离他们,包括对于人的远离,我想对我自己有好处。我想我和他们纯属两种动物,相互嗅一嗅彼此的气味便会自动远离。我对一个整天猜度和关心谁可能获得"茅盾文学奖"、"鲁迅文学奖"、"冯牧文学奖"的所谓"文坛"不可能有太多的看法。我对一伙在北京的出版社出版了小说就以为自己"东征"了的作家群也不可能有太多的看法。这里的作家组织很像是一个"农会"。

2

在陕西,对大多数人来说,作家这个概念指的就是"写小说的"。但在陕西,从80年代开始始终还有另一个"文学体系"——我指的是它深具民间性的现代诗发展,从80年代的胡宽、韩东、丁当、岛子、赵琼到 90 年代的我、秦巴子、刘亚丽、南嫫、李岩,再到新世纪的朱剑、李轶男、黄海、诗歌评论家沈奇、李震,我所认识的"陕西青年作家"指的就是他们。我知道由他们构成的陕西文学的景观不至于给人留下老土和腐朽的印象。但在陕西,他们几乎不是"作家"。陕西文学的小说属于乡土文化的范畴,陕西文学的诗歌属于城市文化的范畴。

3

身处这样的"文学大省",写作对我来说是纯个体的事情。诗歌对我来说是最日常化的写作,十多年来一直如此。准备就这样一首一首地写下去,一本诗集一本诗集地写下去,做一名高产而质优的诗人是我的坚持和骄傲。此外便是随笔和散文,接了几家专栏,为生计的需要也为能有更多说话的地方,随笔和散文对我来说更多是说话(言论)而不是写作,我毕竟属于有话要说的人。最后是小说,只要有时间就会写一点,对我来说,小说才是一种慢,我会慢慢地在小说中把自己的想法和个性体现出来。

4

在这个"文学大省"中还设有这样的一个叫"吉元文学奖"的奖项,可以把作家的吃喝拉撒以及出书全包下来,我以为这种奖项的创设真是对严肃作家的一种侮辱! 设立这种奖项的人是把自己当成保姆了,而把作家当成了孩子,既然有人想当保姆,有人愿做孩子,那就让人家组成一个家庭吧! 在一个自我幻觉中的"文学大省"(除了文学一无所有?),这种逆时代潮流而动的荒唐事还会愈演愈烈不断发生,这里的作家有"福"了。

导演一切

媒体又开始煞有介事：张艺谋要拯救芭蕾艺术了！

一个人在所谓"功成名就"之后，就要在其它领域玩玩票：先是玩广告，接着玩歌剧，下来玩申奥，现在要玩芭蕾了。也许真实的景况只是一个人在"江郎才尽"之后所表现出的内虚：靠不断制造热闹或者哪儿热闹往哪儿钻的方式来维护自己既有的声名。

在张艺谋疯狂玩票的另一端，是他老本行的每况愈下，《一个都不能少》、《我的父亲母亲》已经够丢人的了，但市场上不低的份额还能维持其外在的热闹。当张艺谋这样的导演除了票房一无所有的时候，他就真的到了最危险的时刻。《幸福时光》都拍成什么样了？就算把赵本山的经典小品直接搬到银幕上也不至于如此难看——它在票房上的跌落是偶然的吗？这个电影是张艺谋拍的谁都知道；那被炒得沸沸扬扬的网上选美谁都知道；男主角赵本山谁都知道，可大伙就是不看这又是什么原因呢？恐怕跟前两部片子给人的没有忘怀的上当感有关。过去的张艺谋拍电影像个拼命三郎，现在的张艺谋拍电影像个作秀大师；过去的张艺谋至少还像个艺术家，现在的张艺谋最多就像个投机家。哪有空子就想往里钻，对他来说早了点儿吧。

他还染上了一身的时代病，具体到他自身的病状便是：功夫在电影之外。外国人请他导演一台歌剧，他就以为自己已是无所不能导了。导了一台歌剧也是照样不懂歌剧，导了一台芭蕾也是照样不懂芭蕾——事情荒诞至此，他却乐此不疲。先不提"术业有专攻"的古训，在他自己最宝贵的成功经验里就有摄影师出身而在电影语言的体悟上比别人更为独到这一条吧。而现在他所做的每一件事都在违背着自己的这一条根本性经验，他真的相信自己会成为一名优秀的歌剧导演和芭蕾导演吗？除非他相信过去自己在电影方面的成功靠的就是"不学无术"！而从歌剧或是芭蕾方面出此动议的人士来讲，他们真的相信找来一个张艺谋就能振兴这个行业吗？现在连他自己的电影都没人看了，这仅仅是一种集体无意识的炒作惯性在作怪，而他们真正做出的是这样一件事——找个名人来糟蹋！

我估计下一个来请张艺谋的该是中央电视台的那台春节晚会了，如果申奥成功也许他还会在七年后出任开幕式的总导演，那么再往后呢？他还将导演什么？导演一下我们大伙的人生与命运？——这不是开玩笑，他对自己的导演早就开始了，所以他的人生真是戏味实足。在中国，我们的社会正在造就着这样一个狂人——他将导演一切。

有关"大佑之夜"

多年以前我就曾在心里想像过罗大佑到内地来举办演唱会的情景,在我的想像中那应该是一个不大的场合,在并不喧哗的氛围中,罗大佑用心而且是精致地演绎并阐释着自己的经典作品,在一首歌到另一首歌之间,他会说上一些话,这些话应该说得像他写在磁带套封上的那些话那么精彩。那应该是一个普通而平静的晚上,所有美好的东西都只发生在每个人的心里。我知道不光是我这样想,这样隐隐地期盼着。在两岸三地或粗鄙或浅陋的流行歌曲领域,像罗大佑这种有着"作家歌手"秉赋的人真是少到没有,更何况他的歌也确实和好几代人的成长有关。

可当这一天在人们一不注意的时候突然降临,我却陷入一种茫然不知所措的境地。这不是我想像中的罗大佑的到来,这简直就是当年周润发初到上海,而罗大佑的性质属于"歌坛周润发"吗?在八万人体育场举办个人演唱会,让四国足球邀请赛给自个儿让路,在"盛况空前"方面他已经达到"之最"了吧?据说"佑迷"中中年人多,据说这些中年人大多身居主流社会而且经济收入颇丰,据说北京"佑迷"准备包机去上海看,据说能让记者也参与追星的也只有罗大佑。当我一下子听到了如此之多的"据说"之后,我忽然明白了:罗大佑是回来了,但这一切并不真实,演出的举办者是"佑迷",他们以为这是巨大的商机因而赶紧行动;报刊媒体的娱记们是"佑迷",

他们以为所有人都是，疯狂的炒作开始了。在八万人体育场里，有多少"佑迷"是被临时制造出来的。如果你告诉我是张学友、刘德华在哪儿演，歌迷都跟疯了似的，我相信；把罗大佑搁在哪儿的真实性，我只有怀疑。所以，八万人体育场不是罗大佑的荣誉，而是他乐于掉进去的陷阱，如果他不识陷阱真的以为自己很偶像的话，那就请他走上大街，问随便一个个少男少女，那结果很可能就是一名湖南卫视的记者所遭遇的，问到的"的哥"猛一回头："罗大佑是谁？"

而真正的"佑迷"在过什么样的瘾呢？文化膨胀的80年代碰见了罗大佑，那时他们正值青春年少，那时还没有张学友、刘德华那路的可供他们选择，他们也是没法不喜欢。结果是文化环境、成长历程和欣赏流行歌曲这三件事搅在一起了。时间一晃，他们老去十岁，在给脸上抹了一把沧桑之后，肚子大了（啤酒喝的），腰也粗了（钱包鼓的），口气牛了（官给当的），头发少了（心思动的），小蜜有了（十年憋的），这时再听听罗大佑，那真是别有一番滋味在心头啊！集体怀旧，集体在怀旧中自我感动，一代中年知识分子的狂欢节，中国内地中产阶级的狂欢节，这便是上海八万人体育场"大佑之夜"所发生的一切。

在一个错误的时间和一个错误的地点，罗大佑来了。

假洋鬼子与民族主义

最近我老在想一个问题，是不是在目前中国，在各个领域稍微有些想法并希望真正有所建树的人，都将最终被逼迫成一个"民族主义者"？这究竟是为什么？

去年参与了一场诗歌界的论争，在这个论争中强调诗歌写作的本土化（不依附西方的价值体系）、原创性（不仿写西方的作品）、民间性（不以学会、学院作为存在的依托）的一方很快在西方汉学界得到了一顶"新起的民族主义"的大帽子。令论争的另一方大为高兴，也令本方人士深感不安，因为在人类文明的主流标准看来，所谓"民族主义"是狭隘的、愚昧的、落后的。有志于发展民族的艺术的人就一定是"民族主义"者吗？

这是深存于诗歌界内部乃至整个文化领域的一个观念和立场的大对峙，那在别的领域呢？今年早些时候，我在报纸上读到一则令人提神的连续报道，就是有"国产手机领头羊"之称的 TCL 在武汉以其 TCL9980 掌上秀手机摆下擂台，公然向洋手机叫板的事。尽管是以他们大获全胜而告终，但我对这个结果却并不怎么关心，我欣赏的是他们这种方式的极端性："打擂"、"比武"，为什么要这样？是报上介绍的"国外品牌利用其强大的广告攻势、无所不及的销售渠道、推陈出新的机型、牵引市场的价格调整、与移动、连通的密切关系、长久的品牌积累，将国产手机残酷打压"的前提或者仅仅只是

"由于宣传不够，消费者对国产手机了解有限，对国产手机的质量不放心"吗？也许从行业内部对工作中的所存问题与欠缺的总结是完全必要也是一定要做的，但更深层的问题却是存在于国民心中的："本人一直不大相信国产手机。人家搞这个行当多少年？国产手机才搞多久？国产手机质量信不信得过？不仅本人这样想，我的朋友基本上都这么看。有心买国产手机，临到购买的时候还是选择了洋货。"——这是一位消费者的心声，真实的要命，代表的也是一种民族心理，这是 1840 年以来不断加深的一种民族自卑心理，对大多数的人来说，尽管它存在的状态有些模糊，但似乎是越模糊越可怕，一言以蔽之：每个人的心中都有那么个假洋鬼子！所以，每一个有志于民族工业的人并不仅仅面临着如何将产品推销到国民中去的问题，还同时肩负着改造国民文化心态的使命，最简单的一种理解是自己的消费者要靠自己来培养。对从事民族工业的人来说，面临着一种天然的不平等竞争，这种不平等竟是来自我们国民的文化心态。所以，很多的事实莫过于如此：是我们的国民打败了我们的民族工业。

从诗歌论争到 TCL 打擂，从文化到企业，我们不难看出一种从内部改造我们的文化心理与文化结构以及国民性的努力正在有识之士那里逐步展开，这是我们民族真正的希望所在，无法回避的一点是：不论是民族的艺术还是民族的工业，都不可能脱离现时期的民族文化心态和由此构成的一个大环境来发展，既然有志于此，那就所有的问题都得自己扛。

潜流涌动

这一回,我想撇开常规的那些,往深里看去。

有一些事发生了,但看似与诗歌无关;有一些相当重要的事件发生了,但有心而有识者实在是少得可怜,他们看不见。

有时候想想就忍不住要笑出声来,这个坛子经常开会——中国人的会又老是以研讨为主调的,研讨来研讨去却不见思想产生,中国诗坛会上思想的含金量已经严重低于诗人在网上的只言片语了。

我在此想说的事也正是发生在网上:那是雅典奥运会刚结束的时候,中国人不就是多拿了几块金牌嘛!西方列强的舆论便一下子坐不住了:《纽约时报》、《时代周刊》、《泰晤士报》、《读卖新闻》、《莫斯科新闻报》——长期以来,这些媒体对于我们意味着什么?说成是"现代文明的代言人"也不为过吧?却是一派胡言,一堆小丑!像网上常有的那种嫉妒狂在发帖子。其中暗藏的一个逻辑是相当霸道而混帐的:中国人拿多了金牌就是有问题的,越拿的多就是越有问题。

几篇小丑之文被挂在了诗歌网上,便成了一块试金石,什么人说什么话。绝大多数庸众的反映可以他们自道的三个字予以概括"有道理"——好一个"有道理"!谁的"道理"?西方政治正确文明正确的"道理"!廿年以来,他们所受的教育就是不断地接受这种道理,到今天像合格的毕业生那样在网上立场文明态度正确地说一句:"有道理"。个别真正的诗人则绝尘而去,怒不可遏,小题大做,指东打西,破口大骂!不过是在借奥运之事谈思想说诗歌,言词极端或高妙如"鲁迅的拿来主义比我较为低级,不过是从东洋拿回一把手术刀来割国民性的疮"。——若干年前,有岭南青年才俊提出过一个有价值的问题(在硬努着批判鲁迅的人群中能够提出个把有价值的问题就相当不错了):为什么鲁迅只差一步成尼采? 给出的答案是:因为他没有疯——明摆着他疯不了,因为本质上他是西方(包括东洋)文明的正确论者——这样的人对大是大非那么有把握,他怎么疯得了? 这是我所给出的更进一步的答案。

忽然想到:在中国的诗人中从来不乏制造思想的能力(哪怕它只产生于一个、两个、三个人中),这使中国诗歌的某一部分从未丧失过硬度与重量。在近距离的接触中,我发现诗歌艺术的列车拒载的是两种人:一种是无话可说硬要写出"诗"来的"散仙",一种是在正确文明指导下用道理来写诗的人。前者利用思想并不直接等同艺术——其中的转化又是一个复杂而微妙这两点来回避思想,拒绝承担,进而掩盖自己空空如也的头脑;后者则永不懂得不论思想还是艺术都是在与文明的错位中产生,照搬是最大的无能——就这样,一代人被甩下去了,两代人被甩下去了,三代人被甩下去了……我已经有经验了:见到这些老的新的下车者,你永远不要问:为什么不写了? ——这样的提问等于给了白痴耍个性的机会,明摆着的一个事实是:他们拿什么来写?!

就像列强们不喜欢中国的运动员多拿金牌一样,他们也不喜欢中国的诗人真的把诗写好:好也得像他们标准中的那个好法。很早以前,那个叫做斯蒂芬·欧文的美国教授早就开宗明义了,他一方面说北岛的诗让瑞典诗人想起了他们的"少作",另一方面则口气地说:我们认为他是最好的,中国人就会接受。但好在不是所有的中国诗人都在朝着这个标准而去,不是为了让尔等看着舒服,在上个世纪末,于坚说:"中国新诗的前卫部分在一个世纪之后,终于有了自己独立的身体、精神和尊严,它不再是意识形态、知识的外延部分,不再是无休无止的学生。诗就是诗,创造、独立、清晰、光明。面对这个世界对强权意识的普遍谄媚,它发出了决不媚俗的、来自汉语、来自中国大地、中国经验、中国传统和心灵的声音。这声音虽然微弱,但毕竟出现了,这声音使'拿来主义'的二十世纪新诗没有可怜地只是以'博士论文'结束。""七十年代我是秘密的个人主义者。八十年代我是半公开的自由主义者。我发现,从九十年代末以来,在诗人中,我将是秘密的民族主义者。"我在《2000:中国新诗关键词》中为他击掌道:"好一个'秘密的民族主义者'! 如果在这一年里于坚的这句话只有我一个人在为之鼓掌,那么我孤独的掌声证明的是我听觉的质量。如果这'秘密的民族主义者'在中国的诗人中只有于坚一人,那么我就早已成为另外的一个人……"

结果是,在此后的两三年中,我们不约而同地写出了各自的《唐》和《长安行》。我永远难以忘记,我在本地的一所大学朗诵我《唐》的表情时,一位当时作为主讲人的欧洲汉学家那副难过的表情,在此诗面前,他那来自西方的让他拿到博士和教授的知识不够了,文明培养给他的对诗的判断力在瞬间失效,他有着无法继续在中国人面前继续权威下去的痛苦……

"让中国的诗歌成为他们眼中一个秘密的系统!"不久前的旅途之中,我对另外一位诗人如是说。

格瓦拉

最近老是提到这个人。四月底棉棉挺着大肚子来西安签售,在本市雅人扎堆的恒河沙书店搞了一个作品研讨会。那晚上本市著名的雅人基本都来了,一些发言令我难忘。

A 激动不已地用双手搓着自己的大腿说:"这是诗啊! 这是诗啊! 反正这是诗!"他在盛赞棉棉小说《糖》,然后不做任何阐释,像是有意拒绝。这是一位来自 80 年代的老诗歌青年。

B 指出棉棉小说发挥了身在上海这座国际大都会的地缘优势,希望棉棉今后的作品能写得健康快乐些,让肚子里的小宝宝带给她健康快乐,最终从一棵文学幼树长成参天巨树。这是一位刚获提拔的文学官员。

C 要求棉棉用一段话概括自己的这部《糖》,他说:"奥斯特洛夫斯基用保尔说的一段话,96 个字,概括了他的《钢铁是怎样炼成的》,请你用一段话概括你的《糖》。"这是来自"关心下一代委员会"的一位老者,他来此的兴趣在于能不能发现一部可以推荐给下一代的书,他报此希望的前提是他其实并没有读过《糖》。

棉棉的回答很是精彩,也让老者感到满意。起先她搞不懂奥斯特洛夫斯基是谁,就向坐在身旁的女诗人南嫫请教,弄明白之后就用一句话概括了自己的作品:"让世界充满爱。"

那晚上棉棉的精彩答问不止这一例,她对一位不知是第几次起来叫板的一位光头大学生说:"你太酷了!"那家伙顿然傻了,之后便像受了打击似的,沉默不语。棉棉是语言天才;她的人比她的作品给我更深的印象,她作品中的语言和她的口头语言还是有明显的距离,所以我在发言中对她说:"你作品中的语言还是给人资源感,它有资源,只不过那资源有所不同,不那么文人化,那是脱胎于西方摇滚歌词的一种语言——即便是这种资源也必须丢弃。"我对她说:"你和王朔骨子里还是有一种在文化面前的自卑感。"棉棉表示接受。

那天晚上我在接下去的发言中提到了格瓦拉。我不是在针对棉棉,而是针对由她衍生出来的一种伪写作,我说:"如果吸毒、性乱成了每一位中国青年争先追逐的时尚符号,我宁可追求 XXX 主义;如果中产阶级的文化和生活方式成为所有人的共识,我就崇拜格瓦拉。"

棉棉很可爱,她又在向南嬷请教格瓦拉是谁了。

最近老是提到这个人。在一首诗中,在一首名叫《故人张》的诗中。

那是很多年前
一个夜晚
我们在一家酒店
二楼的餐厅坐着
透过四面落地的玻璃
欣赏这家酒店的风格
是仿阿拉伯式的
月光下的草坪
一望无际

我们陷在舒适的软椅里

美好生活的享受中

谈着什么

或者什么也没谈

桌上有咖啡

指间有烟

穿过烟雾

你探头凑过来你的脸

认真地问我

这儿的环境

你能否适应

你是指我

为什么

要提这样的问题

为什么问的是我

我是伟大的格瓦拉么

或者你问得

更加浅薄

一个不常住酒店的人

一个乡巴佬

住得惯么

具体的意思

我已无从分辨

当时也未予回答

但我听出了一个人

内心的卑贱

后来我们因为

一次公开的事件玩完

分道扬镳

谁又知道

我们灵魂的硬件

早已分化

是的 我蔑视高贵

但也憎恶卑贱

这首诗中所写到的人物与事件都是真实的。那是十年前，一个是怀揣百万富翁的梦想刚刚进入娱乐圈的歌手，一个是刚从京都的繁华中抽身而去返回故乡的平民诗人，当时他们都只有二十来岁，他们在一家酒店的见面构成了某种特殊的气氛，其中的细节耐人寻味，尤其是在他们的人生和之间的关系有了一个基本结果的十年后。也是今年，我在写作此诗的过程中已不再为某种丢失的友谊和过去共同的生活而激动——我在为另一种东西而激动，这种激动让我脱口而出"伟大的格瓦拉"，这种激动让我忙于说出人性的高贵与卑贱。

关于格瓦拉，我所知道的不比你多。只是当"格瓦拉离开古巴的前夜"这样一些不知出处的语句从远处飘来，我便会陷于莫名其妙的激动之中，我的身体需要这种激动。"伟大的格瓦拉"，我能够说出它是我将人性比人性得出的一种看法，他做到的，我不能——一种简单的人性比较。不符合我之人性的便是非人性吗？我对这种来自于中国书生中间的操蛋逻辑恨之入骨，他们因此而得出的格瓦拉是"革命狂"、"战争贩子"的结论只能使他们对自己的阉人生活心安理得。而对我来说，正因为世间有格瓦拉这样的人物存在，我才明白我和我的同代人追逐牛 B 的生活方式其实一点儿都不牛 B。

最近老是提到这个人。又是在一首诗中,在刚刚写就的一首名叫《有一个青年是中国的青年》的诗中。

当众进行的
未必都是表演
他先给老婆打电话
再给小蜜打一个
神态竟差不多
像是一个电话
然后做出
一切安排停当的样子
搓搓手
拍拍腿
抹抹嘴
然后把注意力放在
面前的一桌客家菜上
啃着一只三黄鸡腿
说客家菜好
然后大讲客家人
形成的历史
说真不容易啊
然后开始啃烧鹅
间或也没忘了
跟上菜的小姐调情
后来提到买车的事

后来提到装修房子的事

后来提到晋升职称的事

后来提到小仕途上的得失

那也是后来

在酒足饭饱的时候

他忽然发怒

破口大骂

全然不顾风度

那是在有人剔牙

从牙缝里剔出格瓦拉

这名字的时候

与前一首有所不同的是：这首诗并不完全真实。我是把几个场面中的内容做了集中处理，结尾那个戏剧化的安排出自我的虚构。但我敢于大胆虚构的心理依据却真实得要命，我太了解我也身在其间的所谓"中国的青年"，他们的理想，他们的追求，他们的奋斗，他们的趣味，我知道格瓦拉的重生对他们有相当强烈的刺伤感，这个酷毕了的男人木刻般的肖像像一枚图钉一样被摁进了他们内心用改革开放二十年来的价值观所铸就的墙，同时也被摁进了他们用二十年的时间所长起来的肚子！一个人义正词严地告诉我说："你以为格瓦拉是谁？革命一成功他就是另一个波尔布特，另一个米洛舍维齐。"这个可怜虫，说完之后他脸上的表情安宁多了，二十年来最正确的价值观使其内心的刺伤感得到了暂时性的缓解。"中国的青年"——中国的年轻一代的知识分子在追求事理的正确性上过日子，思路清晰，头脑冷静，观点鲜明，永远高歌着人类文明的主旋律，西方国家一个世纪都没有产生过如此正确的一代青年，中国只用二十年,想一想是否有些怪诞?像余杰这类书虫有上几百万也不可怕,可怕的是这面糊涂的镜子所映照出的一代十分清醒也永远正确的青年——用最文明的生活方式和最先进的思想武装起来的"中国的青年"。

现在,"中国的青年"思考着格瓦拉的正确性,他们的回答是:"不!"

现在,"中国的青年"思考着格瓦拉对于自身的必要性,他们的回答是:"不!"

我只好中指朝天。

最近我老是提到这个人。此时此刻是在这篇文章里。老婆要去图书馆借书,我说借几本与格瓦拉有关的书看看,待她走到门口时我已改了主意,说:"算了,不要了。"我想格瓦拉现在于我还只是一种感觉,就像"格瓦拉"三个字的发音一样美妙,我怕在我读过有关格瓦拉的书后他于我变成了可怕的知识和该死的文化意义,我开始用格瓦拉专家的口吻说事儿和吓唬人,现在我在离可耻只差一步的地方刹了车。重要的永远不是那个人,他的肠子肚子长得如何,重要的是他给我的这点儿感觉——哪怕是我生造出的一种感觉。

泰森第一次从狱里出来的时候,双臂各刺了一个人,是左臂毛泽东右臂格瓦拉,还是左臂格瓦拉右臂毛泽东,我忘了,但我知道那也正是我所要的那种感觉并且到此为止。

从奈舍到昆明

我所知道的瑞典奈舍国际诗歌节已经举办了十多届了,起初它邀请的诗人局限于北欧五国,产生的影响也在北欧地区,后来逐步扩大至整个欧洲、北美乃至世纪各地。2002年,当它举办到第16届的时候,以诗歌节组委会主席果伊·佩尔森的名义,首次向中国的诗人发出邀请,于坚、尹丽川和我有幸躬逢其盛。

那是一次十分难忘的旅行,前年夏天,在瑞典这个"大高尔夫球场般的国家"(于坚语)里,在美丽如画的奈舍小城参加诗歌节的四天中,我头一次领教了这种欧洲传统诗歌节其自身的严肃性,记得那几天中,我们二十几个受邀到会的来自世界各地的诗人,轮番出场,多次亮相,为听众们朗诵自己的诗歌。每一天里,每一分钟都被安排得满满的,从上午、下午到晚上,除了朗诵还是朗诵,有时持续到夜深人静时才告结束。与我以往对朗诵会所形成的概念有所不同,听众们都是为听诗而来,而不是来看朗诵这种形式表面的热闹。这次在异国他乡的经历让我写下了不少诗,其中一首写到过两男一女的三个青年,他们从瑞典南部的另一座城市开了五、六个小时的车来,开来了一辆敞篷吉普,车上装着三具睡袋,夜里就睡在诗歌节主会场的所在地———一所艺术学院的草坪上,他们来到这里主要就是为了听本国一位正在走红的女诗人的朗诵。那位当红女诗人被东道主安排在头天朗诵的第一位出场,她的诗非常贴近当下的现实而且十分幽默,笑得听众前仰后合——大大出乎我所料的是:我的朗诵竟也取得了有过之而无不及的效果,所以赢得了最后一晚最后一个压轴出场的"光荣",一位坐在前排的老先生爆笑之后用手帕擦眼泪的情景还历历在目,第二天早晨我去餐厅用餐时诸多异国同行朝我竖起大拇指的情景还如在眼前!在那届诗歌节上,我先后朗诵的十首诗中有一半是通过英文译本转译成瑞典文的,我终于知道了:翻译不会把所有的好东西都译掉的,我们在国内的时候已经习惯于用无奈的口气来谈论翻译——还有一重感叹便是:那里的听众所具备的专业知识和内行眼光令我吃惊,如果在国内的某所大学,你让大学生们大笑不止他们还会在私底下说:"这不是诗而是段子!"在我的祖国,一般群众为诗歌所做的感动准备是被唐诗宋词培养的那些,当他们面对陌生化的新东西的时候又从来不敢相信自己生命的直觉——哪怕他们的生命本身已经有了健康的反应!在我的祖国,一般群众在现代诗方面的接受能力已经严重辜负当代诗人奋力前行的创造成果……

回首这些,我无非是想说明一个好的诗歌节会在世界各地诗人的相互交流和沟通上起到一个多么好的作用!会在诗歌向一般群众的推广和普及中发挥一个多么好的作用!所以,当我听说闻名于世的瑞典奈舍国际诗歌节要移师到中国的春城昆明举办一届的消息,我感到由衷的喜悦!让欧洲文化的传统仪式与中国群众性的结合,受惠的一定是诗歌!而我本人,能够再次受到这项国际性诗歌节的邀请,以特邀嘉宾的身份并作为现场朗诵的主持者之一,我深感荣幸!

毫无疑问:彩云之南四季如春的城市,这个春天是属于诗歌的。

我们有过高潮吗？

说诗一提"当下"，似乎你必须使用"沉寂"、"低潮"、"衰败"一类晦气的词才能够与一般读者找到共同语言，似乎由此才可以说开去似的——在此我高声拒绝！因为这远非事实——那么是否与此相反的特征就是"诗歌在当下"的真相呢？这又让我迷茫了……

有人在对"高潮"的怀念中指认"当下"为"低潮"，那么就让我们看看那些"高潮"的真伪：1970年代末，那从北京劳动人民文化宫里传出的诗歌朗诵声被一部分人怀念着，那不过是思想启蒙之初人们对于某种信息的渴望，诗歌便成为这种信息的传声筒，话剧演员用他们字正腔圆的嗓子喊一声："XXX来到我们中间了！"便足以叫人热血沸腾；1990年代初，汪国真、席慕容的热销被一部分人怀念着，与其说那是商业时代的先声不如说是"真空年代"的"心灵鸡汤"罢了，浅浅的格言、软软的情调让少男少女小小的舒服了一下；1980年代初，朦胧诗论争所引起的喧哗被一部分人怀念着，可那些反对的声音似乎也太过于弱智甚至白痴，似乎已经无法反衬朦胧诗的价值，而在今天朦胧诗又成了学院老朽手中量度新创作的一把戒尺，那些爱把他乡当故乡的朦胧诗人们，今天的写作已经尴尬到了只剩几个字儿没认全的"汉学家"能够领悟其"好"了；1980年代中期，轰轰烈烈的"第三代诗歌运动"被一部分人怀念着，那可真是一场纯粹的"运动"啊！当"运动"过去，你发现"诗人"没了，诗歌随着一代人的青春远去而告消失……

这就是我们曾有过的所谓"高潮"——我们有的不过是"伪高潮"。

新旧世纪之交,所有以事件和某种契机试图将诗歌重新引向如此"高潮"的努力都被证明是徒劳无趣的,譬如说"盘峰论争",我以为那是中国诗歌"路线斗争"的最后一次——其中含量很大的与蒙昧做斗争的成分又证明着它的无聊,论争之后的五年来,一方几乎无诗,另一方中的"第三代"被人说成是"救过来,又死了"。譬如"下半身",不过是把"青春写作"在时间面前的有限性又重新证明了一回。譬如"非非"生出的"橡皮",网络时代的"他们",此种背时的流派企图已经变得十分滑稽,说它像俱乐部,其实是幼稚园……网络么? 这是多大的一个时代契机啊! 可是,它可以改变我们的生活但却无法改变我们的诗歌!

那么我们是否曾有过一个真正的"高潮"? 也许有人会提到唐朝。

为了写《唐》,多少夜晚,我曾静思默想过那个"诗歌的盛世",就在我屁股下面的这座被叫做"长安"的城市的街道上,有多少丧魂落魄的人儿踉跄走过,如孤魂野鬼——李白、杜甫、甚至王维就走在他们中间,那个"朱门酒肉臭,路有冻死骨"的唐朝也是一个"饿死诗人"的时代啊! 我们在对历史的仰视中虚构并美化着什么?! 但有一点可以肯定,是他们与我们的不同:李白从未考虑过"身体写作"、"诗言体"之类的鸟问题,杜甫也不晓得"悲悯"和"承担"这类鸟词的大意义,王维不知"纯诗"抑或"纯粹的诗歌"怎么写,即使他做了僧人也不会有人致敬的……

说穿了,我们这些现在活着的写诗者都是从 1840 年那个最深的臭水沟中爬出来的,在浮出水面的升腾中带出了多少不中不西的杂碎！现在我们终于来到了水面的一只船上,终于有人看明白了说:所谓"诗歌的盛世",所谓"伟大的诗国",其实只需要有三个人灵魂附体的真身和灵魂出窍的写作,就够了!

无聊"十大"

　　《视点》杂志推出"中国十大影视风云人物",我得知此事后的第一反应是办刊人对办刊人的——《视点》的同仁们真的黔驴伎穷了?在我看来,现在实在没辙了才搞什么"十大"评选,而且搞了也是白搞,不会有什么效果的。

　　一九九八年《文友》推出"十差作家"也算有我一份,现在回想起来我只有恶心。但那时人民群众的觉悟普遍偏低,在我们之前好像也只有《海上文坛》搞过一个"十差明星"评选,所以当时的情况是只要点找准,还是有效果的。所谓点找准,就是宁找文人不找明星。文人心理素质差,受不了这份刺激,他们自己会跳起来,他们一跳起来就有好戏瞧,其它媒体就会跟着忙得团团转,人民群众再跟着一起看热闹。明星在这种事上的心态真是太好了,你说我最差我管你呢!这只能说明我的知名度高,我忙着挣钱还来不及呢!所以我很难理解:气势很大的一本《视点》为什么又弄出这么一个"十大",而且还是正面的,是"风云人物"。这也太小瞧劳动人民的智力及其品位了吧?我看那篇文章中说"与其它行业稍有不同的是,影视业的风云人物不是以成败而论的,这主要取决于他(她)在这个行业的知名度和影响力。"什么叫不以成败论,你依据的知名度和影响力和成败是没有关系的吗?尤其是在影视业。这是狗屁不通的逻辑,主要反映的是作者自己的矛盾与糊涂,他也不知道该以什么做标准,或者是他已经准备好了，当你用这个标准要求他时，他可以用另一个标准来进行自我辩护。

文人和办刊人老是觉着自己聪明，自己做的事更有道理。其实你要是真想以知名度和影响力的标准来评，不妨索性来一次真的群众投票选举，结果可能是很有意思的，邓建国也绝不可能当选"十大"更不可能位列头名，群众的趣味有时候比文人更单纯。他们表现出的愚昧也是耐人寻味的。比如说在1999年，各种"百强"、"百优"之类的世纪评选层出不穷，其中只有群众选出的"十大"是有点意思的，在群众的眼里，琼瑶、金庸、三毛是可以和鲁迅列在一起的，贾平凹、王朔的当选也就没了光荣感可言，相反倒是鲁迅的名字出现在这个名单里显得不对劲，那是群众的自卑和矫情造成的。现在，我面对《视点》推出的这个"十大"，连琢磨的兴趣都没有，因为我明知这是两个自由撰稿人自以为内行的小算盘。

得奖何必如此

鲁迅文学奖来自于中国作家协会的创设、举办、评审和颁发,给人的感觉是"国家文学奖"。至于这项文学奖有无权威性,我想这本该是仁者见仁、智者见智的事。至少在我个人眼中它是截然没有的,中国特色的大锅饭式的获奖和各个领域评奖时普遍存在的专业标准的缺失,使这项评奖的权威性恐怕很难在短期内建立起来。而这项文学奖在深具民间传统的诗歌领域所遇到的抵触情绪也是不言自明的事实,这便是当新一届的鲁迅文学奖的获奖名单一公布,身在"先锋诗"这个大范畴内的诗人西川赫然在目在业内引起一片哗然的原因。

我在几家诗歌网站上亲睹并亲历了关于这个话题的讨论,一位网友提供了鲁迅文学奖的评选细则,大家了解到想获此奖的话必先有本人向当地作家协会提交的申请——也就是说是先有西川的申请才可能后有西川的获奖,于是众人便对西川的申请表示了严重的不解和不满。这时候,《西川的诗》在人民文学出版社的责任编辑王清平站出来说:西川参选鲁迅文学奖的事是在西川并不知情的情况下由他一手经办的。于是网上一片大哗。又有网友发言说:西川应该拒绝这个奖。当时我想西川会的,他有这个拒绝意识。前两年《诗刊》搞过一个嫌疑多多的面向读者的评选,评选结果出来之后西川就公开向媒体表示了对这项"荣誉"的拒绝。可是不久以后我就在电视上看到西川了——确实是我多次亲见过的那个人，必恭必敬地站在鲁迅文学奖获奖者的行列中，站在人民大会堂的舞台上接受颁奖。一个"先锋"诗人，因为自己多年以来所取得的业绩，获得了以鲁迅冠名的"国家文学奖"，得了也就得了，他没有打算拒绝的话就该视之为自己的"光荣"并"欣然接受"，本来也是如此嘛！可是很快我又看到了西川在一次诗会上面对记者采访时说出了如下这番话："得奖前中国作协曾打电话问我要不要，我想自己如果不要，以后先锋诗就别想获奖了，再说对责编送评也不好得罪，所以我只有委屈自己牺牲一回……为了整个先锋诗歌，为了国内外的安定团结，我就只好接受。"

呜呼！前两天我还和诗人于坚在电话中议论"盘峰论争"以后"知识分子诗人"集体变傻智力急剧下降的问题，现在他们又送上了更为新鲜有力的佐证。于坚说：他们过去就这么傻，从来都这么傻。我想于坚说出了问题的症结。"盘峰论争"是不是像他们说的形成了一套新的话语权力我不知道，但我知道正是在"盘峰"以后的崇尚人性崇尚个人的鲜活语境中，他们开始了集体性白痴般的胡言乱语——当"半神"（实为"半仙"）不得不成为一个"人"的时候；当梦呓者被拍醒不得不"说人话"的时候，就是这样一副口吐白沫的德性。尔等骨子里的那老一套俗，我就不说了吧，因为这逼我非得说出一套相应的大俗话。反正西川已经为我们"牺牲一回"，至于是不是搞定了"国内外的安定团结"，容我再观察一阵子。

作家是干吗用的

上海有个陆幼青，因在网上发布了他的《死亡日记》而被人们谈论。一个人因患绝症将不久于人世，医生甚至还宣布了他大致的行期，这时候他想到要为自己的女儿留下一份礼物，于是就选择每天写点什么，这便是《死亡日记》的来历。

敏感的湖南卫视没有放过这件事，也使我们得以在电视机前见到这位陆幼青，听听一个将死的人来谈谈死亡的话题。这个节目未免有点太酷了，但我们不能责怪湖南卫视，作为电视人他们的工作很不错。也正是由于他们的工作，我们才得以直观地面对这一切。很多次，在观看这个节目的过程中，我想换掉频道，那是我感到了心脏的负荷，后来我告诉自己就是难以承受也必须撑下去。于是，我就完整地目击了陆幼青用他已经明显受损的嗓子艰难地讲述着他初次听到死亡宣判的心理，他放弃治疗的用意和考虑，他的极可能是最后一次的出游和置身人间美景中的心情，他对安乐死的顾忌，他对死亡的最后一丝恐惧——他说：死亡并不可怕，可怕的是痛苦。他说他希望在最后的时刻到来时，有亲人陪伴在身边并在现代医学的帮助下他的痛苦被减至最小的限度，让他平静地死去。他那么坦然那么平静地谈论这一切的样子令我震撼，让我感到人的尊严，当他在某一个话题上感到自己情绪就要失控时，他冲镜头做了一个篮球场上的暂停手势，他真是太——大拇指（请原谅我感到许多形容词的失效)了！

　　我在这一系列的镜头中看到了他的美丽妻子，我想陆幼青这一生有一千条心满意足的理由那最重的一条也应属于她；主持人马东的表现也是令人称道的。如果这个节目只是有这些人构成的话(对了！还有那些表现真切的现场观众)，那它几乎就是完美的。可是，我却看到了两个作家：作为现场嘉宾的台湾作家林清玄和在采访资料片中出现的北京女作家毕淑敏。林清玄坐在现场是为了谈出他对死亡的那点可怜的中学生式的感悟来引发大家思考的，他带给我的是浅薄，令人不堪的浅薄！你以为说点"佛心"说点"关爱"之类的破词儿就能引起大家的思考吗？好玩的是，面对这个话题面对那个普普通通的陆幼青，他自始至终面带怯意。没活到那个份儿上你就不要站出来。采访资料片中坐在陆幼青身边的毕淑敏是来阐释死亡的，我只知道她写过一本有关戒毒的小说，什么时候她对死亡也有了自己独到的研究？她说身患绝症的病人面对死亡的心态会经历四个阶段，然后用此理论帮助陆幼青分析他所经历的各个阶段，她是死亡辅导员吗？目睹这一男一女在镜头前的表演，我忽然想问作家活在人间究竟是干吗用的？他们就是在别人快死的时候坐在一旁借题发挥的人吗？他们真的愚蠢到以为自己在死亡面前也比别人有着更多的优越感吗？他们装的像一个个死亡的过来人一样讲述死亡启迪生者，在这个极端的现场我看到最不真实最不洁净的两个人，都是作家。

文明的骗局

好在我们可以自己去看。

不论是获得了诺贝尔奖的高行健还是获得了奥斯卡十项提名的李安,我们都可以用自己的眼睛去看。这恐怕就是现今对比于过去时代的幸福感,对我们这些读者而言。不必等到事物已经戴上了光环,当事物还是它自身的时候——哦哦,这大概就是这种幸福的根源!

忽然觉得有人是在开玩笑,在用一种近乎恶作剧的内容与形式在耍我们,那人是谁呢?我们为什么会有如此之感觉——一种上当受骗的感觉?若干年前我们噩梦醒来是早晨,若干年前我们幼稚地以为黑暗只在我们的大地上存在而世界无错——真理的标准一直掌握在世界的手中。我们走进文明在它的内部学习真理的标准,若干年后,这种真理的标准将我们武装起来了,站在世界面前,我们像"未来的主人翁"。我们以为这是一个有序的世界,我们以为我们已经找到了这种秩序并已进入了秩序——而这正是一切产生的前提。

那部小说——那部成为那个作家最大的获奖依据的小说将我们所有的期待拉回到《芙蓉镇》时代(甚至还不如),这是在奖励我们的文学呢还是在奖励我们的其它?我们感到自己被愚弄了——而这是"看"的结果,我们要自己去看,只有自己去看才能看到全部的真实,而这又是什么样的真实?——"灵山。""什么?""灵山,灵魂的灵,山水的山。""那里有什么?看山水?有寺庙?还有什么古迹?""那里一切都是原生态的。""有原始森林。""还有野人?""你是研究生态的?生物学家?古人类学家?考古学家?""我对活人更有兴趣。"——如果上述对话是出自我手,我会在修改的时候红着脸把它立刻删掉统统删掉,原因还用说吗?也太学生腔太文学青年一点了吧?这样的作品使它的作者获奖,受到侮辱的是中国文学。中国文学就是再不开化也已摆脱了这种层次吧?那么中国电影呢?由《卧虎藏龙》来实现奥斯卡评奖上的一次历史性突破真是一个天大的笑话!没错,李安的确是位优秀的导演,也是华人电影人中的佼佼者,正因如此你看上他的这一部实在是对他最大的不尊重。如果奥斯卡(包括金球奖)的评委非得等到一部武侠片才对中国电影网开一面的话,他们真不必等到李安,徐克不是更为精彩吗?而在若干年前,上海举办首届国际电影节的时候因为请了徐克做评委而引起各方媒体的争议……这令我想到一个问题:在所谓"文明"的面前我们真是不开化的吗?我们是否堕入了这样一个古怪而且荒诞的圈套——在争做文明人的同时成为了一群文明的白痴?!

若干年前一穷二白的我们(野蛮人?)面对文明产生的情结终于到了被终结的一日,而终结者正是这种文明标准的持有者或者说是文明本身——这是一个必然的循环吗?一个典型的"中国的循环"?所幸它已到了被终止的一日。

张艺谋是"大师"吗?

在北京的饭局上,有人提到"大师"一词。在有文人墨客扎堆的地方,这个词的出现率就不会是低的。但有人提到了张艺谋。

在"大师"的名目下提到张艺谋,于是便产生了一个问题:张艺谋是"大师"吗? 我们有"大师"吗?

我想谈的是关于"大师"的标准问题,是中国人对所谓"大师"在理解上所存在的误区。

我也是刚刚看过张的新作《我的父亲母亲》。我也曾陶醉于他田园牧歌般纯美的意境之中。我也曾陷入了这样的感叹:散文诗的风格他也能玩一手啊!

从《一个都不能少》到《我的父亲母亲》,这中间的反差使张艺谋看起来很像个"大师"。

但也只是"像个大师"而已。中国人的理解是:什么活儿都能干,就是"大师"。

中国人对所谓"大师"的理解还停留在评选"先进工作者"甚至"三好学生"的层次上,而张艺谋正是这样的"先进工作者"和"三好学生"。

仅仅把活儿干好就是所谓"大师"吗? 我在你的作品中没有看到你的灵魂,没有看到你独立的思想和成熟的世界观。

有一种夸张的说法,说出了一个秘密:张艺谋是中国当代小说的最后一个读者。他一直在别人的小说中寻找他要拍的电影，他想表现的东西不在他的灵魂中，他不是真正对世界有话要说的人，他只是借助于别人的话所激起的灵感来打造自己的活计。

这是一种从读后感开始的创造。这样的创造不是真正的创造而是转换。也就是说，他不过是把别人的文字转换成声像的一名翻译罢了。

所以，这样的导演。他的每部作品都是孤立存在的，之间并没有必然联系——尽管，都是出自一人之手。

我曾在另外的文章中谈及过："风格善变的诗人要么天生具有戏子的品格（诗歌创作中最要命的一种"品格"），要么就是彻底的不成熟。庞德所说的'日日新'要慎解。"换了导演也一样。

张艺谋式的风格善变缘于一种非常低级的构成方式，那就是"东一榔头西一棒槌"。如果这也算"大师"，那么就是我们对"大师"做了"匠人"的理解。张艺谋至多是名能工巧匠。

张艺谋如此。陈凯歌如此。姜文亦如此。中国电影没有"大师"，只有"匠人"。

而什么才是真正的"大师"？看看伯格曼，看看法斯宾德，看看黑泽明。他们一生的作品都有其内在的一致性，构成了一个系统。他们是真正的对世界有话要说的人，他们用自己的声音（电影）说出了自己想说的话。

大佑来兮

罗大佑在内地的巡回演唱到了西安，从更大的范围来讲已构不成什么"新闻"了，但于我个人的意义则十分重大。因为我注定不属于包机飞赴京沪两地的那部分人，只是当他来到家门口的时候，我才会去看——当然也不是无条件地去看，印象中他在京沪演唱时票价被炒得邪乎，所以他来之前我就给自己定下了一个可以接受的上限：三百元以内我就掏钱，多一分就是罗大佑不讲理了。不是我承受不起，是我以为罗大佑应该讲点道理。

身为出生于上世纪的 60 年代并在 80 年代的文化背景下成长起来的这一代人，对罗大佑情结深重是正常的，亦是健康的。我比大数人多一点或者说早一点的是：大概在十多年前，由于一个偶然获得的私人渠道，我得到了数盒罗大佑在台发行的原版磁带，其中一盒《青春舞曲》就是他的现场演唱会录音，那可真是个现场录音制作的经典——当年，我用随身听反复听着这盒带子，想着有一天他若是到大陆来搞演唱会的话，我一定要出现在现场。对这想起来十分遥远的一天，他等了很久，我也等了很久，久到这个演唱会情结已经有点淡忘了。

火热的夏天过去，大佑说来就来。从宣传的角度来讲，他在走了数个城市之后也在这里找到了一点新意，他在一封致西安歌迷的信中说："西安是龙的心"、"大雅之内，国风于是而至"——大佑寥寥数百字就盖住了余秋雨的等腰之著,他在歌词之外的语言风采我在他歌带套封的自白中早有领教,一点也不奇怪。而他在说话中掩饰不住的"长安情结"也真实得让我喜欢。那一晚,我终于见到了这个"芳龄47"的不老男人,他的嗓音比歌带中更为沙哑、苍劲并富于穿透力,他在现场演绎的音乐也比歌带中更具完整性与辉煌感,预料之外的一点收获是:望着台上迷狂在音乐中的这只"老猴子",我有一种生命被证实了一下的感觉——我那愈老愈疯的让下一代失望的生命。

那一晚我没有激动,更没有疯狂,身边有我的同代男人(而且不是一个两个)正如京沪演出报道中所写的那样:高举手机,让远方的人儿(初恋? 昔日恋人? 远方情人?)与自己重温那些有大佑相伴的时日。我没有,也不需要,甚至发现让那与其相关的青春场景与人文情怀回到这一晚也是无趣的、徒劳的。我是一个只爱现在的人,一个既没有怀旧的情调又对"更美好"的"明天"不抱幻想的人,坐在罗大佑的演出现场就是一个自讨没趣的人。是大佑来得太晚,还是我对所谓"青春"的背叛太早? 我有时间,让我好好玩味一下自己的错位感。

不该如此乖戾

也许只是到了此事已成"旧闻"的现在,我才愿意谈论它。我并不想骂某个具体的个人,而是在说一种现象。

听到刘晓庆被抓的当时,我表现得十分麻木:抓了也就抓了吧,与我何干？最近以来,我从多方面感觉到自己已经不年轻了,不年轻的最大标志就是与己无关的事情便再不关心,再不过问。忽然有一天,一位凡事必要纠我的记者朋友打来电话,开门见山地问我面对此事的心情——问题提得如此正式,我也就顺手揭开麻木的外衣,颇为理性地总结了自己心情的本质,我说:"我难过"。

那些日子我一直深陷在人群之中,那是因为我一直呆在一个本行业的会议上,惊闻刘晓庆被捕正是在去兵马俑参观的大客上,谁说我的同胞是麻木的？至少我的这些同行就表现得十分热烈,这个消息显然使他们兴奋起来,一种幸灾乐祸的情绪顿时弥漫全车。从那时至今,我见到的每一个谈起此事的人都跟吃了谁家的喜糖似的,连一个略表同情的人都没有——也许正是周围弥漫的这种氛围唤起了我麻木深处的难过。

刘晓庆是谁？大伙的同仇敌忾真让我糊涂了:她是个罪大恶极的大坏蛋现在终于被纠出来了吗？如果不是这样的,如果只是一个影星现在犯了法倒了霉,那么在正常情况下,她在群众——实际上都是她的观众那里引发的情绪就不该是这么单调的。

谁最该为她难过？我想应该是她的那些死心踏地的影迷——是那些当她成为一个老妖怪还一集不拉地狂看她演的小凤仙的"铁杆影迷"，现在那些人的嘴在哪儿？不该留下一个我，在这里替她说话，因为我从来都不认为她是一个好演员，我在什么都关心什么都要管的青春时代留下了对于她的如下批判文字：

我说刘晓庆是个天生的演员你千万不要理解她是一个天才。

生活在别处。她一生的表演都在戏外。而生活中再逼真的表演者都是拙劣的。

作为演员，她从来不是优秀的。谢晋当年在拍《芙蓉镇》之前曾说："刘晓庆还不是个性格演员。"这恐怕将成为她一生的结语。

据说作为人，刘晓庆是极富个性的，中国人所谈的"个性"就是"敢说敢做"。

今天多如牛毛的"音乐制作人"大谈"包装"，若论"包装"，他们得请教"师太"刘晓庆，刘是学会自我包装（且是自学成才）的第一个中国艺人。

当年一部《我的路》使她成为舆论关注的中心，不就是写了点儿自己如何离婚的事么？

敢于说自己是最好的，那么你可能就会被当作是做好的。这个道理在早二年的中国特别行得通，且成了某些人成名的手段，那时大伙都比较委琐，还不大懂张扬个性、表现自我之类的。

刘晓庆正是这样的"女先锋"。她自封为"影后"，群众也就认了。足球界有个自封为"国门"后来真成了"国门"的傅玉斌，但他确有实力，刘晓庆的演技与傅玉斌的球技不在同一个档次上，共同的一点，都冲不出亚洲。

……

我仍然相信"没有坏演员，只有坏导演"这句话，而刘晓庆是不会碰到更好的导演了,这是她性别使然,还有一句现成的话:性格即命运。

今天的刘晓庆摇身一变成了商人,这是又一个新的角色、又一个新的演出吗?不得而知。我想起并不优秀的阿兰·德龙谈论罗纳德·里根的一句话:"没有成功的演员才去当总统。"

我今天仍然坚持刘晓庆不是我所认为的好演员,但我今天却愿意从另一方面来谈论她作为一个人和时代发展的某些关系。她写《我的路》,据说是得益于一位老编辑的很大"帮助",但我相信"我认为我是最好的我就是最好的"这样的话,不是那位老编辑能够"帮"出来的。《我的路》在当时影响巨大的《文汇月刊》连载时,我这个暗中叛逆的小中学生真是读来激动,而我清楚地记得我的父母和一些叔叔阿姨们都在闲谈中斥骂"这个疯子!""那时"确如我上引旧文所写"大伙都比较委琐,还不大懂张扬个性、表现自我之类的"。今天,网上随便一个小虫子都可以这副口气说话了,他们可能已经没有兴趣知道他们的父母是从一个怎样委琐的时代黑洞中爬出来的。而任何一种"时代的先声"都不会是职业的"思想家"们喊出来的——在我这里,这已经成为一种常识。如果别人不愿意承认,如果一代走过来的人都不愿意承认的话,那么我来承认:我的成长,和她有关。

今天恐怕已经无人愿提刘晓庆生意初成时反过来给她所在的北影厂的职工发工资的事了,也没有人愿意承认他们当年下海时曾在这位演员身上得到过怎样的激励和启示,那就沉默吧,我不希望所有人都一下变得喜洋洋的。"贪官"应该受到法律的惩治,惩治"贪官"是大快人心的事这没有问题,但如果它满足的是人心深处某种不可告人的隐秘快感并且成为一种广泛的风尚,这就恶心了——这一回,延伸到刘晓庆了吗?

一个人赚了那么多钱还不交税,是我这个穷鬼永远没法想像的,忽然想到自己接到的稿费单上为什么会精确到毛便知道那是编辑部替你交税后的数字便心里感到踏实啊!我深知刘晓庆的问题只能由法官来解决了,但我也深知不该所有人现在都集体戴上法官的面具。

那样的话,我们这个民族是不是也有点太乖戾了一点?!

岁末"痛经"今又来

　　每到岁末，各媒体就跟"痛经"发作似的要评选年度"新闻人物"之类的玩意。刚好赶上这么个世纪末，名头就又多了一个。既然这是人家媒体每年的例行公事，既然是老记们苦口婆心地在没有新闻的时段里硬要造出一点新闻来，既然那代表着人民的读者也非常需要这种造，那咱也就不要非议这种形式了，但关键是有人借这种形式所玩出的那些不伦不类的名堂。

　　其实所谓"新闻人物"这种这东西是不用选的，你只需回头翻一翻这一年的报纸，谁在这一年里所占据的版面多，谁的名字的出现率高，那么谁就是。但是有人偏要打着"新闻人物"的旗号来评选（实则是推举）出一些所谓的"杰出人士"——也就是说他们要在中小学都废弃了评选"三好"的今天来过一把评"三好"的瘾。贝利就是国际足联评出的"三好"，在这项"世纪足球先生"的评选中非要让这个黑皮肤的"足球政客"来压"学习好但品德不好"的马拉多纳同学一头，而后者本是网上民选的第一；而在年度"足球先生"的评选中也是手脚多多，连傻子大概也能看出来，这一年的足球是属于菲戈的，只有最势利和最不用脑的人才会选齐达内，他哪有菲戈踢得有境界和富有想像力啊！我在《足球》报上说：天下足球一般黑，其实是天下打足球牌的政客一样黑，有这种家伙的介入，足球哪能像我们希望的那样纯洁。有些媒体将金正日列为年度风云人物，是有根据的,而那个别有用心的诺贝尔和平奖非要独给金大中,这就是躲在这个奖后面的那些别有用心的政客们搞的鬼,如果说十一年前他们将此奖颁给达赖喇嘛时我觉得是在搞笑的话,那么现在我的觉悟有所提高——那是玩政治的傻逼们自己一本正经地制造的一个大荒诞啊!话说中国电影金鸡奖那些名不见经撰的评委们,当"中国电影已经到了最危险的时刻"(陈凯歌语),他们还有心迫害一下以年年贺岁的形式成为抗联战士的冯小刚,别扯什么艺术标准的蛋啦,那部寒碜的《生死抉择》和堕落以后的张艺谋混在里面,冯小刚也就不再是命定的"下里巴人"。

如果你的电影榜上没有冯小刚;如果你的音乐榜上没有毛宁;如果你的文学榜上没有王朔,如果你的足球榜上没有曲乐恒——如果你是过滤掉了这些带着所谓"问题"的"新闻人物"而把一份"三好名单"搁在我的面前,我就会头也不回地回答说:"呸!"

"一路挂过去"

中俄建交 50 周年之际,在莫斯科克里姆林宫剧院举办了一台名为"为中国喝彩"的晚会,双方尽遣名家出场。

文艺演出当然不同于体育比赛,不存在一个你输我赢,更不存在比分,但因有观众在场,观众要对你的演出做出反应,是这种反应迫使你进行比较。

两相比较,作为中国人的我就颇有些黯淡。我不知道组织者为什么要派中国的一名演员去,实在也想不出来她有哪部片子在俄罗斯受到欢迎,歌唱得那么差还要唱歌,用汉语唱的俄罗斯民歌令观众毫无反应。同样令观众毫无反应的是张也这类所谓现代民歌手,我们为自己预设了一种所谓的"民歌唱法",难道我们这个民族就该这么南腔北调、阴阳怪气地唱歌,而那句"越是民族的就越是世界的"的栽赃于鲁迅头上的话绝对是自欺欺人的。

而看对方,看俄国人用什么样的节目来"为中国喝彩",莫斯科芭蕾舞团的顶尖演员出类拔萃地为《天鹅湖》这一世界经典做了我所看到的最好诠释,在这样世界一流的作品面前就算你不喜欢古典艺术也会感到无话可说! 在这样的场合,超出了中国传统式思维的是:俄国人压根儿就不玩他们大名鼎鼎的民族舞蹈和民歌。

幸亏我们还有《梁祝》——那是真正的得自于中国人的情感世界所创造出的真正的世界级的美。幸亏我们还有刘欢,不论他用汉语演唱中国歌曲《好汉歌》还是用俄语演唱的俄罗斯民歌,都受到在场观众的热烈欢迎,其实根本不用什么"美声唱法"、"民族唱法"、"通俗唱法"来把歌者分为三六九等,全人类对一名真正歌者的理解是一样的。

好就是好,并不因为他(或她)特中国。希望组织者渐渐获得了"面向世界"的一些教训和经验,不干或少干鲁迅当年所说的把古董和梅兰芳"一路挂过去"的傻事来。

卷 B

一本骂人的书

一本骂人的书

　　有时候我会有这样一种感觉，当看到自己喜欢的一本书时很希望自己是它的作者。《十作家批判书》对我而言正是这样一本书。我觉得自己应该是它的作者之一，甚至是它惟一的作者——那应该是一本出自我手的书，我确实对它充满了占有欲。

　　事实上，这又确实是一本与我两度擦肩而过的书，它的策划者张小波曾两度找到我约写其中的两章，都被我以忙的借口推掉了，也许我是骂人骂伤了，在《一个都不放过》出版后感到身心俱疲。现在我只有空怀遗憾，以读者的身份面对这本书，因此也便有了为之欢呼雀跃的权力。

　　我想为一本指名道姓的骂人的书而欢呼！

　　我知道和我几年来所做的一样，《十作家批判书》的作者们费尽笔墨的努力也只是为了建树一种正常——一种批评的正常。在中国，指名道姓的批评被称为"骂人"，而"骂人"者肯定是不道德的。

　　而如今，敢于"不道德"的人多起来了，还有这本敢于"不道德"的书。在我看来，不敢直面当下、不敢指名道姓的批评不是真正的批评，而是戴着批评面具的撒娇，是余杰式的小知识分子的抒情，这才是真正的批评者的"不道德"。

　　钱钟书、余秋雨、王蒙、梁晓声、王小波、苏童、贾平凹、汪曾祺、北岛、王朔……这样的序列出现在批评者的笔下是一种偶然吗？其中的严肃意味谁又能够体会？尽管方式不同，他们都属于"不可饶恕"的一种，我暗自惊叹这些名字所构成的竟是一个个"庞然大物"的存在，于是更加钦佩批评者的勇气与智慧：自《燃烧的迷津》一别数年的朱大可宝刀未老，他几乎是中国文坛惟一真正进入写作的批评家；秦巴子更像是一位冰天雪地中的思想者，他异乎寻常的冷静和超绝的思辩能力，不像是出自一位青年作家的手笔；诗人徐江是本书中撰写文字最多的作者（几乎占去了一半），也是本书基调的决定者，如果没有徐江，本书一定没有现在这么鲜活、生动，它作为大众读物的特征也没有这么鲜明……

而现在，摆在我们面前的是这样一本可爱的书，它充满力量又是如此好玩，在今天，任何一位作者和出版人都不可能强制读者的趣味，更不可能把乏力无趣的东西硬塞给读者。因此，《十作家批判书》一出现便大受欢迎的情景又是一种必然。

而对我来说，读罢此书的某个早晨醒来之后有一种不那么孤独的感觉，那是看到了同类的身影。不必言重，我们不是战士，只是面对当下的一切有话要说并说出了自己要说的话！

中文的金斯伯格成了太监

　　四川文艺出版社一定不会想到：他们出版的《金斯伯格诗选》成了一本秘密的畅销书（因为没什么宣传），还一下获得了"国家图书奖"，而它将成为一本常销书也几乎可以料定。这种因真正的文化而得福的现象在目前的图书界并不鲜见，也许在以后会越发地成为常事。

　　对我这个视金斯伯格为灵魂导师和诗歌师傅的诗人来说，购买是肯定的；读罢之后再说点什么也是肯定的。但在这里我不想谈金斯伯格对于我和我们及更小的一拨中国青年诗人的意义，而只想就书论书地谈谈这部《金斯伯格诗选》。金斯伯格诗歌的单行本，此前漓江社出过一本《卡第绪：母亲挽歌》，是以"世界散文诗经典丛书"的名义出的，薄薄的一本，诗收得非常不全。所以四川文艺的这一本确如他们自己所说是"全球第一部最为完整的金斯伯格诗作中文译选集"，我相信包括台港在内也是如此——台港文化的特殊气味（那种要命的柔软）要抵达坚硬的金斯伯格还需要很多年（或永不抵达）。

　　所以，它有理由受到读者的苛求，而像我这样将其奉为诗歌圣经的人则刚好可以苛求它。我要说它实在是被译得太差了，比漓江版的《卡第绪：母亲挽歌》要差，也比以前散译在杂志上的那些要差。我绝不是在怀疑它的译者文楚安先生的资历（我注意到另一部"垮掉"名著《在路上》就是由其翻译的)和外语水平,但我要说诗歌的翻译根本就不是那回事儿——诗歌的翻译一定要是一个真正懂诗的人:是来自诗歌语言内部的懂,而不是文化意义上专家式的了解。这种自以为是的了解十分可怕,尤其是当他用一般中国文化人所掌握的诗歌经验去翻译金斯伯格这种诗人的时候,其结果是连 fuck 都被委婉(中国式的)成了其它。在北师大求学的时候,我曾到外语系听过郑敏教授的课,听她用口头的形式直译过金斯伯格的一首短诗,从郑敏老师口里所传达出的金斯伯格诗歌的声音是多么叫人舒服啊!因为郑老师是位诗人,所以她能译出这声音——而这正是文楚安的致命欠缺。为什么是他?这简直是一种不可饶恕的轻率!

因为译不出这种声音,所以中文的金斯伯格在诗歌里是一个哑子;因为译不出金斯伯格的体臭,所以中文的金斯伯格就成了一个太监——他被中国的译者所骗。所以,本书于我诗歌圣经的意义也只能是文化和精神上的,我不可能抱着一本没有声音和满身香水的老艾伦整日诵读,因为我不是博士而是诗人。

我说《于坚集》

在一个韩寒已经出版了文集的时代里,《于坚集》五卷的出版自然无法成为一个万众瞩目的事件,它甚至是寂寥无声的,但在我看来这恰似一组重要化石的被人发现。

严力说得好:"诗集是诗人的化石。"如此说来,全集便是一个诗人(当然也包括作家)一生所形成的一组化石;而阶段性选集便是其中最为重要的几块标本。当代最杰出的诗人于坚在他50岁这一年,献出了以其前半生的生命所形成的五块化石。

是《于坚集》而非《于坚文集》,似乎带着一个诗人对这个"以诗为下"的平庸时代的无言抗争:"文"怎么能够涵盖得了"诗"?

不同的人都会为不同的出版物寻找到它应该存在于世的最大理由,那么我以为于坚的诗文绝对属于中国当代文学的创作成果中应该反复重印的那类作品,不是因为有多少读者对此有多大的需要(反而不是很多也不是很大),甚至也非作者本人对于诗歌、散文、评论已有定评的重要性,而是因为它自身杰出的品质与光芒——在我看来,这才是《于坚集》问世的最大的必要性。

作为作者的同行与读者的我,将带着如下的问题进入这皇皇五卷:

这套书收录了作者1975–2000年的诗歌、散文、评论作品,而据我所知作者早在1971年便已开始提笔写作,也就是说他经历过一个相当长期的无法即时发表的秘密写作阶段,红色岁月中外省的个人的秘密写作(相对与那个年代首都的群体的地下写作而言),我很想看看他这一阶段作品的样子,很想知道作者是否那种先知全能的所谓"天才"——而这起初所表现出的一点可能性究竟对一个人终其一生的写作有多重要?

二、1980 年代,作者以"高龄青年"之身介入到"第三代诗歌运动"中起并成为其领袖人物和最为引人注目的代表性诗人之一;当风起云涌的运动过去,一代人告别青春并从诗歌中下岗,他又成为硕果仅存中最为突出的一个,何以至此? 他似乎比平均小他十年左右的这一代人更懂得现代主义乃至后现代的真髓——在此一点上,他的文论和言说正好可以帮助我们了解自觉和自发的区别、职业和业余的分野。

三、1990 年代,作者成功写出了《0 档案》为代表的一批现代史诗,有的尽管不长却很有史诗的品质(如《对一只乌鸦的命名》),我将在对《于坚集》的阅读中重温这批力作,去理解一位独立而强力的诗人如何用坚实有效的作品与周围环境和大时代所做的抗衡。

我将带着以上的三个问题进入到一次注定有所收获的阅读之中,或许我还会有许多预料之外的收获。在这个出版繁荣的年代里,阅读之乐反而变得愈加稀少,可遇而不可求,所以我要将其紧握在手,抓住不放!

把小说写假, 把男女写真

——我读韩东《我和你》

　　韩东的第二部长篇小说《我和你》完成了, 距其第一部《扎根》的出版未到两年。我记得在三年前的一次通话中, 韩东告诉我说他有一年写作一部长篇的打算(还说到他每周一篇的"副刊文章"是为了挣出每月的生活费)——在我看来, 这是一个相当牛 B 十分诱人的作家规划, 如今他践约了(职业作家必须践约), 比计划中的时间晚上那么一点也是其严肃性以及从容的姿态的体现。我又想起在今年的上半年, 韩东在其"副刊文章"的形式下拿出了一篇文章, 名字好像叫《快是艺术的敌人》, 贴在网上立刻博得满堂喝彩, 尤其是他"亲友团"里的一些男女老少, 在其懒骨头得到一次有效的按摩的同时, 又得了"韩大将军"的最新"将令", 借此又可以整顿治安号令天下一段时间了(他们好像一直对此举有瘾似的)——我不知道韩东的长篇又出对他们有何刺激? 韩东的速度到底属于"快"还是属于"慢"? 我只是清楚地记得: 1999 年在成都, 韩东说过写小说"不怕慢, 就怕站"——一语让我反省到自己小说写作的中短篇时期收效甚微的一大原因, 并在日后的长篇写作中不再重犯……

　　我发现每位写作的同行都是带着各式各样程度不一的成见进入到对一位作家作品的阅读的("亲友团"式的"怎么看都好"就是一种典型的"成见"), 我对韩东新长篇《我和你》阅读前所持的成见是: 老韩会不会要将我们拖入一场阅读的折磨? 意在考验我们的智

伊沙文化随笔集

力和耐心？告诉我们说：因为生活是平淡无趣的，所以小说就是平淡无趣的。结果却大大出乎了我的预料：我读得相当之快！三个晚上（只在晚上读）的时间就读完了这部20余万字的小说，在此过程之中，我感受到的是一种韩东笔下少有的大流畅，有多次我甚至不得不停下来想想：老韩是不是写得太过流畅了？是历时三载四稿完成反复打磨造成的光滑吗？具体到韩东，当然是好事。《我和你》在"好看"这一层面上确实打破了我阅读前的成见，当然，这所谓"好看"是相比于《扎根》而言的（在阅读中短篇时我们通常不会考虑"好看"这一层），也是针对我这种读者来说的，但这肯定不是人民大众要的那种"好看"——虽然在某些关键的地方，韩东比那些很具人民性大众性的作家写得更加"好看"，比方说性描写——性描写里有动作无细节，有共性无个性，有性交无性感，通常是那些为人民群众所喜闻乐见的"美女作家"、"少年作家"的一大通病，韩东式的严肃文学在此呈现的却是显微镜下的精密刻画，从细节到细节的真实质感，有着残酷写实主义的意味，但那似乎又是为心太软的人民群众所承受不了的。"好看"真是因人而异的事，譬如我一直以为写得最好看的中国当代小说家是马原，但人民从来不买这个账，说：滚一边去！所以，我只能说，韩东这次在《我和你》中做到的是与读者无关的真正的"好看"——这是严肃文学应该负责的范畴。

我在阅读这部新著之前对于韩东所怀有的另一个成见是：我怕他写得太有预设性，与提纲（哪怕是脑子里的）太过吻合，写作中有太多冷静的操作。从"我"（"徐晨"）与其性冷淡的前女友"朱晔"四年中仅性交十次靠的是相互抓挠以慰其性的情节开始，我发现我的担心是多余的——此处我想再引进另一个话题，于诗于小说，老韩多创见，大伙已经见惯不惊，他在《扎根》的后记中写道："只是我理解的'虚构'略有不同，不是'将假的写真'，写得像那么回事，而是

'把真的写假'，写飘起来，落实到'假'。"——此话非是对小说写作具有深刻体验并结晶成为独特的个人经验的高人方能道也！只是在这里比在《扎根》中运用得更加经典："我"（"徐晨"）深爱着他的女友"苗苗"，在"苗苗"家发生火灾之后，用了"几百块抹布"帮她擦拭房间；在分手的时候，主动一方的"苗苗"竟穿着"我"给她买的皮鞋踢了"我""几十脚"；在分手以后，反复无常的"苗苗"打来过一个电话，"徐晨"的表现是："我抓起电话，不容对方开口，对着听筒咆哮道：'我操你妈！'然后就挂了电话。"——我想："徐晨"骂出这四个字之后，一定感到很 high，真实的情绪一定比韩东描述中的还要 high，而最 high 的还是写到此处的老韩，在前头十几万字不厌其烦地尽现委琐、隐忍之相并将之演绎到一种疯狂的状态（老韩素来不缺这样的意识、境界与表现）之后，他需要另一个方向上的疯狂——对老韩来说，还需要更多一些这样的疯狂，需要对煞有介事的"爱情"说"我操你妈！"——我多么希望这才是小说的结尾啊！剪辑机就是老韩的电脑。强加于人的话算我没说。

　　还有一个我虽没有但却明显感觉得到的对于韩东的成见：《我和你》第四部中比较密集地出现了对于男女情爱这个命题的议论（与反复的回忆交织在一起），这让有一部分人瞧着扎眼；又让另一部分人忙着抄录——前者是那些长期以来将老韩误读为单纯的形式主义者的干瘪的形式主义者（一般产自南京和川地），后者则是将老韩误读成一个真理宣谕者的真理爱好者（当然产自伟大首都北京）——看这些人说老韩再度应证了我早已有之的一个看法："韩东"是一个人，"韩东们"是韩东不在其中的一堆人，有个弱智的小家伙将韩东这部小说的结构总结为"一事一议"，真该一脚端回到课堂上去！还将主人公"徐晨"在女人面前的表现称之为"弱智"，恰好证明的是自己少不经事的处男式弱智（不知道在男女之事上人的智力

伊沙文化随笔集

会降低么?);还有一个女写字的,老韩明明在这部新著的后记中声明过了:这不是一部爱情小说(还有一句:写的是男女关系),可她偏偏要说:这是一部爱情小说云云。因为在她——她们看来,爱情小说多么牛啊!书店里书架上朝着醒目处摆的,从来就不知道那是商业化类型小说的形式一种。对于《扎根》的评论亦是如此,有人明言评之为"流水账"(实则夫子自道),你以为你就反掉了你的中学语文老师了么(瞧这点可怜的小趣味),于是乎,一个素来崇尚简洁并以控制力见长的小说家就这么变得面目模糊起来……

话说回来,一名优秀的作家必然是能够不断制造来自读者的误读并打破来自同行的成见的人。韩东无疑正是这样的一位作家。不错,他是一个严肃的思考者,他在《扎根》中将思想的矛头指向了"历史"的神话,他在《我和你》中针对的是在当代甚嚣尘上的"爱情"的神话,但在写作之中,他始终没有忘记自己小说家的本分,不是为了给出答案,而是为了再现原型,文学家思考的姿势永远比思想的内容更动人。韩东"就是这样/人人都这样"的思维模式确保了他在文学中思想的真实性和有效性。而不是相反。

最后的话说给读者:如果有人想在这部书里找到"爱情"(其实是"男女关系")的真理与哲理,我劝他们还是去听流行歌曲吧(不开玩笑:林夕的词就不错嘛!);但如果有人想看清楚自己充当"伟大情人"时无法腾出手来撒泡尿照照自己的那副真实嘴脸,那么就请读这部小说吧!

垃圾如山

这大概是经历过 80 年代文化的人的一个普遍感受：如果有段日子没去书店了，就不免心里发慌。然后就安排时间赶紧去，去了又不免失望。过上一段时间再循环往复地来一回。久而久之就成了一种"病"，经常再犯，想要根治既不现实也不可能。

失望的根源在于你经常走遍城市也找不到几本自己想要的书。

作为一个老书虫子你还是怀揣着一张老地图的，本来你应该知道要买什么样的书就该去什么样的地方：比如最新上市的书，你可以去逛批发一条街，可最新的书在这里往往等于最热的书，而最热的书往往又是你最不需要的，那一天我刚想挤进这条街上最热闹的那家店，女店员很礼貌地对我说："先生，您要不是来批货的话就请不要进去，我们这儿的书不零售。"我看了看进货者堆在门口的那些书的名字，心说："你提醒得好，否则我进去了也是白费功夫。"真正有价值的书很难通过"二渠道"传到这条街上来，所以在这条最繁华的街上你不会找到自己想要的书。如果你想要和学术有关的书籍的话，可以去全市最大的一家书城，在那里你每每收获的是另一种失望，你见识过一本几个文学博士编的一部诗选，那简直就是几个外行在胡乱拼凑，事实上那不过是导师赐给他们一个挣外快的机会。一本号称"年度最佳"的小说选，你在手上翻来翻去却下不了买它的决心，因为书中那些已显陈旧的名字让你一下意识到该书构成的真相：该有的人一定会有，这是一本先拉出一份作者名单然后分别约稿集成的书，压根儿就没有通过真正的"选"。于是你买到一本自己想要的好书的希望就在街边那些不起眼的小书店里，这事就变得有点戏剧性了，仿佛期待着与早年失散的情人邂逅，一切全看运气了！

　　书店装修得日益堂皇，书籍的装桢设计也一年比一年有品位了，可是这丝毫没有减弱我每次从书店走出来时那种参观完垃圾站的感觉，顺便收获的一点小哲理是：垃圾袋再漂亮，里面装的也还是垃圾。我想这垃圾如山的现象究竟是怎么形成的？究竟是其中的哪个环节出现了错误？比如说我了解到那些出版社的编辑常常有低估读者的倾向，比如说我也了解绝大多数的写书人面对一本书的恶劣态度，比如说绝大多数买书者那种盲无目的从众心理……而在这一切的后面，是这空心时代的真实面孔，它有一张不断能够吐出垃圾的嘴。

阿城归来兮

久违了，阿城。中国文学和作为读者的我。

以至于前年我在《收获》杂志上初读他《常识与通识》中的某一篇时，竟以为这是台湾的阿城（台湾不是也有一个阿城么？）。

《收获》带回了阿城。或者更应该说是杨葵先生所编的这五本书。五本书中有三本散文新著，是阿城归来时的样子，另外两本是他珍藏性极高的小说。真是不亏读者！

我见过这个人，我曾单方面地认识了他。那大概是在 1987 年，尚在北师大就读的我曾听过他的一次讲座。大学四年，有三个人的讲座令我至今难忘：我的老师刘 XX、王朔和阿城。阿城是个聪明人，他甚至比王朔更叫我愉快。聪明就是聪明，不是什么"大智"还要"若愚"，不"若愚"，他就是长成了那个样子，非常诚实的样子，聪明而又诚实。这样的一个人又写东西，我在任何时候都会相信他的文字。与此相反的是梁晓生，他爱讲，我有幸听过他的两次宣讲，这个人日后的文字确实没有辜负我对他人的不喜欢。

阿城的三本散文新著，使我对一位作家在目睹其人后的印象式判断更自信了。读其散文，就像 12 年前听他聊天，平易、亲切、妙趣横生，尤其是那本《闲话闲说》——当然，我这是费话，因为这本书本身即由"讲谈集成"。考虑到另一本是《威尼斯日记》，我的费话则显得更有意思了。阿城原来是说什么就写什么遇什么就记什么的作家啊！十多年前我们还以为他是咬文嚼字的"文体作家"。十多年前我见到的那个阿城让我怀疑这个说法，十多年后我读到阿城就摒弃了这种说法。我喜欢他这么说事儿："又不妨说，近年评家说先锋小说颠覆了权威话语，可是颠覆那么枯瘦的话语的结果，搞不好也是枯瘦，就好比颠覆中学生范文会怎么样呢？"、"八十年代初有过一个口号叫'讨回青春'，青春怎么能讨回呢？过去了就是过去。一把年纪时讨回青春，开始撒娇，不成妖精了？"我更喜欢他这么记事儿："第二场拓荒者赢公牛——五比一0四，这回轮到公牛手气不好了。"、"还是风，略小，仍冷。"、"地图上的威尼斯又像女高音歌唱时在腹前交合的手，但威尼斯河里只有男人唱歌。"在这三本散文中，文体感最强的当属另一本《常识与通识》，因为它是惟一一本真正的文集。我想以该书为证说阿城的散文比余秋雨写的好，你不会觉得我是骂了谁了吧（是前者还是后者？）。阿城以散文归来兮，我就想把他搁在90年代本土散文的环境中跟某些人比那么一下子，这也许是多事。《常识与通识》还让我想起了王小波，他们同样都知识丰富，属于极渊博的那类人——对这一点我并不欣赏，因为知识让我觉得靠不住，比如阿城说足球，外行人看热闹。

那么阿城究竟是谁，读者肯定还没有忘记，他是《棋王》阿城。直到今天，在写了三本优秀散文之后他也仍然是《棋王》阿城。拥有一篇《棋王》和一本《棋王》的阿城已经足够了（以其才力他自己不该这么想）。如果列举中国当代小说集的头三名，我想十个人有九个会把这本《棋王》列在其中。如果列举中国当代中篇小说的头三名，我想十个人有九个会把这本《棋王》列在其中。但爱他的读者（如我）有理由要求他以一部长篇巨著真的归来，我的道理是与其去修正中国文坛庸俗的长篇情结，不如精彩地庸俗一把（如余华）。他不玩可惜，他有这能力。

《遍地风流》比《棋王》早，而且产于那个年代，这是我重读时才得知的情况（当初发表时可是反着来的），也是我乐于接受的先后。为什么？不说了。以我之见该向读者推荐这套书的顺序是：①《棋王》、②《闲话闲说》、③《威尼斯日记》、④《遍地风流》、⑤《常识与通识》。

　　文未毕，最新的传闻已至：阿城在国外已完成一部长达一千万字的"巨著"，我有点吓蒙了，不知该期待还是不该期待。

妹妹仍需努力

妹妹们已经火了。在我还没有来得及读读和认识她们的时候，妹妹们已经火了。

妹妹们如今已是著作等脚踝的人物了。很久了我烦文学界硬穿在她们身上的旧衣服："70后"什么的，多难看！

妹妹们还是什么都不穿的好，但事实上她们自己做不到，她们讲究内衣的质地，她们是喜欢内衣外穿的妹妹。

中国的妹妹。长得美吗？不晓得，因为没见过。她们拍照喜欢打靠不住的柔光。

妹妹的声音是好听的，那是和卫慧通过一次电话的印象。卫慧在电话中说她买了我的书，她以为能够让我高兴。怎么会呢？

棉棉还说她喜欢陈先发呢？妹妹嘛，就叫没谱。不过，在《糖》里棉棉在她爱听的歌单里列有《一条路》——张行的《一条路》吧？还有一连三首罗大佑……

一下拉近了和老阿哥的距离。"70后"的妹妹与"70前"的我原来是一代人。在卫慧的电话中，我最欣赏她的一点是她说棉棉的东西最好，而据说她们是死对头。

这不大符合叔叔、伯伯、爷爷们的传统。这就对了！传统是屎。

妹妹的东西也该有所不同，这我看到了。我的兴奋与评论家的兴奋不同，评论家以为自己发现了"苗子"，我兴奋于我所发现的那点不同。

有人介绍说金仁顺技术最好，我就内心打鼓。果不其然，我在她的小说里看到了太多叙述的"行话"——马原的？还是其他什么人的？总之是已成为中国小说"行话"的那些套路。

我宁愿她不懂这些套路，不懂这些"行话"，甚至什么都不懂。我宁愿她是支离破碎的、神经兮兮的、慌不择词的、结结巴巴的……

甚至矫情如周洁茹——始于矫情但不止于矫情的周洁茹。她在一篇小说里让名叫梅花的主人公发问："我从来也不知道年轻男子的爱，那会是什么样的。"

"我"回答说："梅花你真傻，年轻男人没有钱，也没有车，他们只买得起一捧花。"

周洁茹让"我"说完以后开始哭，然后叙述道："我和梅花一样，我很想知道，年轻男子的那一捧花。即使只一捧花，也还是幸福。"

——作为小说的结尾，最后的话稍微显多，但已经不错了，这就叫"始于矫情但不止于矫情"。

谁说只有燕赵之地的糙老爷们儿扮酷耍贫才方显力量，江南水乡的小女子神经末梢的小小颤动也挺疼的。关键是你长没长身体。脑瓜可以笨点但要有身体。

中国长了身体的文学从这一代妹妹开始，可以吗？尽管这有点丢咱男爷们儿的人。

可是啊，我却是一个十分悲观的乐观主义者，因为中国的事情我已经见多。现在想来，商业毁不了她们，商业只会让她们使劲地蹦，尽情地表演，蹦以及表演只会有助于她们身体的文学。

他们脚下的万丈深渊是在另一方面——即所谓"文坛"！当她们被当作"苗子"和"文学事业的接班人"而被安排了之后，当那曾套住过无数公马的"功成名就"的缰绳也将她们套牢之后，那便是为牌坊写作的开始。

　　从为身体到为牌坊,也许这种写作正在开始。所以我说妹妹们也不可靠。如果我们现在谈论的她们不过是一百年后的冰心、丁玲、张洁、王安忆这些奶奶和阿姨,那么我们此刻的唇舌和唾沫就是多么无聊和多余!

　　我只祈愿她们不至于被一网打尽,有人仍停留在生命的事故和无尽的传言中而永不自拔,如棉棉所说:

　　"无论我怎么努力,我都不可能变成那把酸性的吉它;无论我怎么努力更正错误,天空都不会还给我那把我带上天空的噪音,我失败了,所以我只有写作。"

老同学杨树军

二十年前的九月（说起来叫我不免倒吸一口凉气），我作为一名大一新生进到北师大后搞的第一项文学活动就是发起了一个"周末文学沙龙"，从宿舍的地上随手拣起一张都已看过的废报纸，用我那训练无素的毛笔字写了一份通知，到小卖部买瓶糨糊，朝学生食堂前的墙上一刷……到了周末，这人就来了，地点就在本宿舍，最热闹的时候，上铺也坐满了人（像剧场的包厢），还得到外宿舍借凳子，值得炫耀一下的是：还有好几个瞧着养眼的淑女上门，构成我们睡前的谈资。我在这个"沙龙"中扮演的是一个"主持人"的角色，同舍的诗人徐江相当于"副主持"，当时眉清目秀体重尚不足百斤的他已经干起了舌战群儒的勾当（为十四年后遭遇的"盘峰论争"打好了基本功）；诗人侯马身为一班之长，凡事不甘居人后，急火火成了"早恋"军中"马前卒"，慌不择人地找了一个傻大黑粗的丑妞谈将起来，纯属为谈而谈，所以时见时不见……

我对我的同学杨树军的第一印象就是在这个"沙龙"上留下的，他从斜对门的一个宿舍里跑来，每次必到，近水楼台先得月，总是坐在靠近的"会议桌"一个十分显要的位置上，位置虽好，但是从不发言，也不与人交谈，就那么十分挺板正地从头坐到尾，下回照来不误——有着如此谦卑表现的还有诗人桑克，始终嘟着两片淳朴的厚嘴唇，不说话，这二人当时是同一个宿舍的……

　　这个"沙龙"很快竟然搞得声名在外,临近国庆节的一个周末,我爹跑到北京来看我,在校园深处的一把椅子跟我做促膝长谈,所以,那天晚上的"沙龙"是由徐江主持的,等我应对完父亲奔回到宿舍,人已经散了,听徐江讲:是我们的同学杨葵带着几个跟他身份相类的"文艺界高干子弟"——为首的是唐达成的儿子唐大年(此人现在做了导演),好像还有黄燎原(现在的身份难以界定),小说家狗子当年好像也是通过这条线跟我们接触上的——尔等是来"察"的,来搅场子,把好端端的气氛给搅黄了,人一看几个牛 B 哄哄傻 B 嘿嘿的"红色小贵族"欲占领无产阶级搞的"沙龙",就悄然散去了……

　　散了就散了吧,我的心气儿已过,就没有再搞了,与其坐而论道(那时候我们知道多少道?),还不如好生读书,间或写点儿什么。只是刚留下一点印象的杨树军同学也随着这个"沙龙"的消失在我的视野里消失了,这一消失就是两年——在后来的两年间,我只在个别同学的嘴巴里听到他如何如何,但也很少,我宿舍里有张著名的八哥嘴,全年级男欢女爱方面的任何一点蛛丝马迹,都能被其广播出来,其中就有关于杨树军,说是他对他们同一个小组的一个颇为性感——体态有点像妇人的成都女生有想法,有企图……这种信息,反倒让我意识到他作为一个人的存在,正常的有欲望的一个人。

　　大二即将结束时,我们搬了一次家,从西北楼搬到西南楼,个别宿舍也做了人员调整。我不得不和亲如兄弟的诗人徐江、侯马忍痛"分居",搬到我所在的三班的一个宿舍,我是拖到最后一个才搬进去的,去了才发现里面有二班来的杨树军——听人说他是自己主动要求到这个宿舍来的,小子是在挑人啊——这令我大有好感!哥们儿脑子不糊涂,挺会挑的呀!不过刚去头一天发生的一个细节却让我觉得此人可疑起来,宿舍里的人正在与我这个迟到者寒暄,坐在自己床边的杨树军忽然伸手将其蚊帐放下,要睡午觉了——这个小小的细节,让我心头蒙上了一层薄薄的阴影……在大学男生宿舍中已经混了两年,我已经有经验了:一个宿舍肯定是由几名自由分子和几名反自由分子组成的,就看哪种力量占据上风了,我怀疑杨树军是后者——但很快发现大错特错了。也正是那时候,我在两名"老烟枪"的不断递烟的熏陶和"不抽不像个爷们儿"的诱导之下,学会了抽烟,并且一抽而不可收;语言狂欢的最佳对象则是睡在上铺夜夜手淫(床老在晃)的前诗人钟品,有一天我俩的话题刚刚从色情转入到爱情,杨树军忽然发话了——着实吓了我一跳:"诶!你们说这个我爱听……"——他岂只是爱听,还马上大讲特讲起来,就好像他是这方面的专家似的……到此这小子才真相暴露:原来也是爱自由的"自己人"。

我的中学同学张红兵——就是后来成了歌星的张楚是在当年年底开始了他弃学不上流浪北京的生涯并通过我的关系蹭住进我们宿舍里来的,与我、钟品、杨树军构成了这个宿舍的"自由力量",并使之绝对地占据着上风(这也要感谢另外几个"规矩人"的宽容甚至归顺),终于把这个宿舍搞得乌烟瘴气,成为卫生常得 0 分但却谁都爱来的"裴多菲俱乐部"。我们在自己构成的自由主义的小氛围中快速成长——我称之为"男人骨骼最后阶段的发育成熟",在这样的氛围中,你没有创造的冲动是不可能的,在此两年间,张楚把他一生的好歌基本上都写完了,为不久以后的成名攒够了资本;我在《车过黄河》等一批早年佳作中找到了自己的诗歌道路,并为今后的长期写作做好了充分准备;钟品则过分狂热地做完了他一生的诗人,杨树军呢? 起先并不见他动手做什么,可见识不低意识很好的他怎么可能不做一点什么呢?

那两年中,杨树军曾有一个学期的"陪住"经历——就是被系里派去跟外国留学生同吃同住同上课,是为提高对方汉语会话水平的一项教学举措,他回来的时候带回了两样"宝贝":一样是两本艳光四射的英文原版的《PLAY BOY》,让我们大开眼界,也极大丰富了我们的业余文化生活;另一样是他自己创作的一部六万字的反映他"陪住"经历的中篇小说:这部小说在第一时间被我阅读并被我褒奖:文笔像他写的钢笔字一样干净老道,完全杜绝了学生腔、文艺腔,取材新颖,故事精彩,人物生动……我的褒奖在当年就是颇有公信力的——不论诗还是歌,有多少实例可供证明,这篇小说也概莫能外:杨树军是怎么把这部小说弄到《当代》杂志社去的,我们都不知道,只见有一天他骑着他那辆破自行车从外头回来,坐在桌前,小脸胀得通红,他说:编辑说了,他的小说稍微改改就可以在《当代》发表了——这条信息犹如炸雷一般很快传遍了全年级,大家都在等待着一位"小说新星"在身边诞生,那是在上世纪的 80 年代后期,一部在显要名刊上发表的中篇绝对能够一次性地成全一个人的"作家梦",那时候,比我们大五届的已经毕业分到南京的师哥苏童(童中贵)也才处于广发短篇的阶段。可是这部小说一等再等几经周折,最终却没有发出来——其中有一个无法道明的时代背景上的致命因素搅在里面。一篇习作的不同结果肯定意味着不同的命运在等着作者——机会对于一名文学青年来说,绝对是具有今后命运的决定性的。我可以站在今天对杨树军同学说:你呀! 还是不够坚定和坚强,应该一部接一部地写下去呀! 你的才气、能力和水平是摆在那儿的……但这时不说那时话,在当时,在这部小说迟迟发不出来的同时,他在《散文》上接连发表了两篇同样不错的散文——我想这给了他一个十分重要的心理暗示,于是才有了今天的结果。

毕业时有两个来自广东三水华侨中学的要人名额,积极要求前往的竟是我的两个朋友——徐江和杨树军,那个时候,我们除了知道那个地方生产健力宝饮料就不知它还产什么。徐江在那里呆了几个月之后就逃回了北京逃回了母校要求并等待重新分配,杨树军则顽强地呆了下去,我们在毕业之后头一年里通信密切然后中断,我在1994年的时候,听一位同学说他已经离开那里,消失在深圳一带……偶尔,我在媒体上见到"杨树"的文章(他用过这个笔名)不知道是不是出自他手,见到署名"杨树军"的也不敢断定是他,所有我见过的同学都没有他的消息……

而就在这个春节之前,他却突然从电话里中冒了出来,端出的是一部将要出版的散文集,关于这些年的生活,他没有谈得太多,只是给我看这部书稿……我习惯于我那些身在广东的同学,告诉我说他们是如何轻松地赚到了钱如何潇洒地搞定了生活的,还不大习惯了在十六年不见之后马上端出一部书稿,看来一个人真是很难改变的,我的老同学没有背叛我们的那个美好的过去——在那个过去里和我们整天泡在一起的那个歌星,在成名之后曾以讥诮的口吻对傻乎乎的娱记说:"过去,我曾和几个文艺青年泡在一起……"随即他就被艺术之神闪了小腰,忽然跌入到他那漫长而黑暗的白痴时光中去了,无所作为业已十载,人是不能忘本的啊!背叛理想,也就难见功名。

春节期间,我一直在读老同学的这部书稿——虽说是文集,但这部书稿却有其内在的结构——这个结构来自于作者的生活,在此我看到了我们共同经历的那个过去——母校的校园生活,我们的青春岁月;作者更早的那个过去——他的中原故乡的乡间生活,他的童年和少年时光;当然,还有他后来在广东的日子,他的生存状态,以及对于当下的关照和思考……人在年轻时候所做的文学,往往会去复制自己心仪或是理想中的某种文学样式,终有一天,他的旨趣会落实到自己的人生和放眼一望的大千世界上,杨树军的散文已经走到了这后一个阶段,所以是十分可靠的……

　　既然未曾中断，也就无所谓开始，让一切有价值的坚持继续下去。

　　最后，我想说一句只有老杨本人能够完全听懂的话，去年秋天，我去了大兴安岭——发现那里是天下最美的地方，所以才会生出一个美得脱俗的姑娘，在上世纪 80 年代末的天空永远蔚蓝的北京，引发你青春期里最为壮观的一场内心风暴，那是青春的爱情，最终得不着也是正常的。

　　可以终身为伴的东西，本来就不会很多。

北京娃娃春树

1999 年,我出了三卷本的作品集,某晚沈浩波打电话给我——先说出一个结论:"你还是有些意想不到的读者。"然后讲了白天里在方舟书店的经历,说是见到一位正买我书的中学小女生,便上前与之攀谈……

2001 年,和符马活一道初做书商的沈浩波,做了一本名叫《北京娃娃》的长篇小说(据说这是此二人所做的第一本书),该书作者是一位时龄 17 岁的少女,笔名"春树"。大概也是在此前后的一段时间,我在网上注意到这个名叫"春树"的贴诗者。

2002 年,韩日世界杯期间,和几位中学同学相约吃饭并同看比赛,席间一位在台资公司里做纸生意的提到了这本《北京娃娃》和这位 17 岁的少女作者,大肆称赞,欣羡之意溢于言表,还对我说:"里面提到你了,说你是她最崇拜的诗人!"——在我的记忆里,我的这拨"酒肉朋友"还没这么为我自豪过呐!

没想到的是:两个月后,我在经北京去瑞典的一个饭桌上见到了她:确实是个"北京娃娃",真实而朴素的小丫头,甚至是略带羞涩,席间并不多话……这时的她在我眼里,已经是一位十分优秀的诗人了。也许是受到某些信息的提示,我感觉她该是小沈最早给我讲过的那个故事里的"中学小女生",当面求证,果然如此。当时我心中还有一丝隐隐的失望,我没有什么"意想不到的读者"嘛,所以大概也难得一不留神就卖火了的命！到今年，这个小丫头大概算真火了，火得有点过分了，其玉照成了某期《时代周刊》的封面——有人特别向我强调是"亚洲版"，我搞不清什么"亚洲版"、"欧洲版"，反正都是《时代周刊》，反正春树成了《时代周刊》的"封面人物"！我知道这件事让整个中国文化界的精英层感到郁闷难堪而又沮丧不已，其打击程度丝毫不亚于法籍华裔的高某某在四年前一举将诺贝尔文学奖拿回家去，就更为幸灾乐祸！我对我的一个朋友说："这时候，我特想瞧瞧王蒙闻听此讯时的表情，还有那个就在美国的北岛。"

春树本人在这个轰动性"事件"发生的当时，可能并不知道她在一夜之间所得到的是老一代文人拼尽一生机关算尽都想得到的一大标志性荣誉，她把一代中老年的家伙们气得在心中长嘴哇哇吐血！而这是白拣的吗？这一事件的技术性前提是《北京娃娃》已在此前被译成二十多种外文在国外的出版和受关注。

而在文人圈外，在以市民文化和农民文化双重武装起来的社会眼中，又是如何看待这一"事件"的呢？某夜睡前打开电视，正好收看到一个网络文化的颁奖礼——整得跟给歌星颁奖似的，但见小春树"入乡随俗"地穿着晚礼服上台领奖，那个奶油小生的男主持介绍了她一番，其中一句我听来刺耳："春树小姐是第一个登上美国《时代周刊》封面的普通中国人"——好一句"普通中国人"！此前上了这本外国杂志封面的那三个政治家、体育明星、香港艺员就不是"普通中国人"啦？如果一定要有"普通"与"不普通"的区别，我倒认为在此四人中该是春树"不普通"！为什么？因为她是诗人！但在一个市民加农民的国度里一切却都是反过来的，那个奶油小生的男主持正是这种老土文化的一小化身……

在此我还想自告奋勇回答一个见多少人用猪脑子回答过的时

毫问题,那就是谁是所谓"80后最佳作家"的问题(这只能是一个指向未来的问题)——这还用问吗? 春树,当然是春树! 面对俗人咱就套用那最大的俗标准:人物! 封面!《时代周刊》! 面对雅人你可听仔细了:因为她是这堆明天就不知在哪儿看大门的少男少女中间惟一的具备了诗歌日常写作习惯和创造力的诗人,"诗人"——不论中国人民多么不喜欢至高词儿,它还就是天地之间最耐磨的一个词儿,春树因此有明天。

而春树本人必须明白,她所获得的至高荣誉也只有老一代和老脑筋的文人以及老土的文化才会以为其高,所以她所获得的这一切只是徒有颠覆和摧毁的价值:自1978甚至是1840年以来,"睁开眼睛看世界"所建立起来的价值观被一位"北京娃娃"的传奇般的际遇唾了一脸! 洋人从来就没跟你开玩笑,是你自个把什么都当了真! 而对她自己来说,可以认为自己什么都没有得到,两手空空轻装上阵是20岁的优势,谁拥有一生谁就赢了! 最后,我想说:春树,千万不要,脑子一热,又去上学……

小邪的诗

诗歌网络上良好的生态环境的建立,是那些恐网者、拒网者、仇网者们(现在这样的人已经越来越少了吧)根本无法想像的。比如说,"一夜成名"现象一般是诗歌盛世的一大标志,往往发生在那遥远的已经逝去的 1980 年代,但它也会发生在新世纪以后的诗歌原生现场——网络之上。莫小邪的出现便是一个很好的例子。2002 下半年,这位 1981 年 12 月生于北京本名叫做马冬玲的女孩,以"莫小邪"这个在当时还完全陌生的名字在"诗江湖论坛"上贴了一组诗,造成围观者众和有识之士的激赏,有据可查的是:我在那年年末和女诗人赵丽华的对话中谈到当年诗歌状况时说:"比如莫小邪是个'点',她就是当其时的'新人',但如果你硬把她说成是'80 后'的代表我就觉得很扫兴,她只代表富于天才性的她自己……"印象深刻的还有转年春节前后,我作为《诗江湖年鉴》的编委之一,在"诗江湖"网的一间"密室"里参与选稿的事,莫小邪的那组"成名作"得到了众评委们的交口称赞。

一晃两年过去了,在此两年间,莫小邪虽未重现当年横空出世时的轰动效应(这当然是很难的),但也新作不断,表现平稳。我刚为太白文艺出版社编完上、下两巨册的《被遗忘的经典·诗歌卷》,本着"好诗面前,不分长幼,人人平等"的原则,我在此堂皇典籍中给了"70 后"、"80 后"中优秀的青年诗人们以原本就该拥有的坐席,此时不选，更待何时？其中当然有莫小邪，而令人更觉欣慰的是：在"80后"的队伍中，她以其令人信服的实力绝对是名列前矛的。仔细阅读她这两年的主要作品，我还发现了她在能力上的精进和日趋全面的态势——两年前的她是这样的："你用右手打了我的左脸／质问我是怎么勾搭上了陈洁安／那个陈洁安是个什么狗娘娘腔／一个耳光／一刀两断／两不相欠／从那天以后／我偶尔会月经不调／吃了不少盒益母草……不接你任何电话／不住在原来的家／不会再次爬上你那船／是船不是床／从此像蒸发一样失踪／一直活到了现在"（《两不相欠》）——虽不是直接玩姿态的一种，但还是个"本色诗人"，而现在，她可以直接导入形而上去做文章："可生活偏把我扔进这个世界／接受饲养，企图背叛／虚妄的打击／你看，我的灵魂在跑道上攀爬／如果不是动了心，何必／坐在这里写诗／做个愚蠢的无知者／惟一的好处是对苦难的反应缓慢"（《黑暗的温柔》）；也可以比她阿姨辈的女诗人百倍的成熟来谈论人生以及女人的话题："希望每个受难的母亲／平安的度过／年轻时的狂放不羁／面对身体里的另一个她／将以死者的身份夜夜哭泣"（《给女人的祝福》）……相比于活得早、活得老，确实有"活得多"这回事，从另一角度上说，这是她从一名"本色诗人"进而为"性格诗人"的诗的见证。

今年6月，应邀赴京去参加一个露天朗诵会，一下子见到了许多有日子不见的或有恩怨或有别扭的同行人士，人家矜持着，咱也无心挨个去打那虚伪透顶的哈哈，跟徐江一起要了两扎黑啤便找座畅饮起来，还是哥俩好啊！这时有个女孩举着一支玫瑰花寻了过来，没错，在座的两个就是她要找的诗人——此女正是莫小邪。

"80后的女孩真干净！"事后徐江感叹道——他老人家的话我懂了，并深表同意。

欢喜南人

上回写马非，我便想到一个问题：有没有像马非这样，起步很早，一直坚持，但却没有像马非那样适时得到与所谓"诗坛"发生关系的机会，穿越了上世纪90年代的黑暗地洞终于走到了新世纪天光中来——有没有这样的"70后诗人"？

我绝非虚想的这一非人境遇一定令大队人马在途中放弃，但我坚信一定有人默默跋涉到了后来——蓦然回首，南人正在灯火阑珊处，这个形似于我的快乐胖子正是这样一位坚守者和幸存者。

回想起来，这又是"恶人"沈浩波做的"善事"，1998年，尚在北师大读书的他伙同两名同学自筹资金编印了一本《铁狮子坟诗选》，收到这本书我方知在我们那一级（1985级）到沈浩波这一级（1995级）的十年之间，在我的母校北师大还有这么多写诗的，也还有毕业之后虽不为人知但却一直坚持不懈的，其中有两个名字被小沈念及最多，那便是"南人"和"朵渔"。1999年初，我为编《文友》出差北京，也顺便为刚出版的《伊沙作品集》（三卷本）做些宣传，某日傍晚，在去简宁开的黄亭子酒吧搞朗诵会之前，小沈领来两位貌不惊人的陌生者给我认识，正是此二爷。当晚的朗诵南人便给我留下了最初的印象：和我一样写的都是"瘦体诗"——简洁，惜字，直接，即兴，有效。三个月后，我和于坚、徐江、侯马、沈奇等一彪人在平谷县"盘峰诗会"上逞完三天口舌之利回到北京市内，当晚就被小沈拉到北师大搞朗诵会,在那个晚上这个胖南人领着他娇小玲珑而又小鸟依人的妻子到处散发他的打印诗集《气死李白》——这个场景,这个场景中那个憨态可掬的乐呵呵的南人,良久在我的记忆中挥之不去,也成为南人在我记忆中的一个稳定形象。回去之后读他的这本诗集,发现他确有很多短章写得十分出色,便在《文友·世纪诗典》中编评了一首——也等于进入了我私自以为的"优秀诗人"的花名册。

转年 7 月是《下半身》的创刊并宣告了这个流派的成立,随之带来的是它的每位同仁作品上不同幅度的提升,以及接踵而来展示机会以及名声的光顾。身为这一流派中的主要诗人,南人也不例外,以往喜好并擅长"短制"的他开始写开(而这是必须的),并非生硬地加入而是在诗写中打开了自己的日常生活和存在方式,在更加明确的方向上过瘾地释放着自己的生命能量,甚至是过于明确了——对此,我曾在当年的文章中发有微词,指出过那一时期的沈浩波和李师江也有相似的问题。如果说到雅人装作不齿的"出名"二字,我替南人抱屈,觉得他远没有得到他本应获得的更大的名声,因为他本人在《下半身》创刊前的 2000 年 3 月就已私自在网上创建了"诗江湖论坛"——如果没有这个论坛,"下半身"不会有当时的轰动和日后的影响,平台何在? 它到哪儿去寻求"争议"? 将印出的民刊寄到官方刊物求编辑老爷选发一点再将"下半身"这个番号打出来么?毕竟,上世纪的 80 年代已经一去不复返啦。所以,南人在"下半身"起家过程中默默发挥的重大作用,丝毫不亚于沈浩波、朵渔二人。而从"诗江湖"本身来说,打一开始就是面向整个"诗坛"——此词难听,应该这样讲——打一开始就是面向了一种伟大的自由主义——不光是"精神",还有一种在新世纪到来时敢于继续做出先锋承担的诗歌方式以及真正诗人的存在方式! 于坚曾有精辟预言:说网络时代是中国文学的第二次白话文运动——我稍稍拉下来一点说吧,在

者无耻

未来真正的诗歌史上,"诗江湖"之于网络时代就如同《今天》之于民刊时代的首创性的重要地位,这绝非虚妄之言和夸大之词! 而在这座庙宇的后院(反而不是堂上)坐着一个弥勒欢喜佛般的南人。

胖子好玩也贪玩,南人也不例外,所以其诗有着天然的智性之光——这智性在具体的诗中体现为一种殊为难得的消费性——话说到此,我想举一小例,去年我曾以敌为友热脸去贴冷屁股地将拙作贴于现已死翘翘的橡皮网上,有一阴怪的小橡皮渣子以阴怪为聪明地发贴评道:"有娱乐性。"——他自以为高明地骂给主子看,殊不知网外之我哈哈大笑地视其为至高的褒奖!——在我看来,南人就有这个"娱乐性",有着很强的现场效果——过去我们老脑筋地认为,只有在朗诵会上才需要这个,现在呢? 每一次网上的发表和阅读就等于置身在一个朗诵会的现场,明白如我者深知:北京海淀区的"知识分子"们不是死在"盘峰论争"的唇枪舌剑中,他们的"死诗"——死于网上! 前两年我曾认为南人其诗弱在其文化含量——但是且慢! 这二年的南人已经受惠于年龄与阅历的增长而直入人情的冷暖、岁月的沧桑和时间的流逝,这不是更好的一种超越么? 再说了,一段时期以来以呼唤百科全书式的"大师"而愈发甚器尘上的一种诗歌标准,既不适合于评论南人这样的诗人,也未见得于诗歌的纯粹与终极就是一个多好的标准。

南人曾在"诗江湖"上说他要与"诗江湖"共存亡,别人忘了我还记得,我理解为他是决意与诗共存亡! 在今天,酸文人的道理讲个不休,我越来越不信任那些咬牙切齿说出的苦行僧般的信条,而相信一个欢喜佛爷笑着说出的话,因为反而是后者往往来于生命中的热爱。

芳名巫昂

　　二岁/在医院里输液/一个护士找不到我的血管/在我
手上打了一下/四岁/做梦看到桌子上摆了一把红雨伞/醒
来却一无所有⋯⋯

　　如果一位青年诗人告诉我说在他(她)习诗阶段信奉过顾城,我
就会无条件地信任他(她)。一方面我自己就是这么过来的,另一方
面我因此深谙顾城的诗在一个诗人基本感觉的训练方面所能起到
的那种卓然有效的作用。我第一次读巫昂的诗是在几年前某一期
的《北京文学》上,那组诗在基本感觉方面所表现出的训练有素和师
出有名让我记住了这个怪里怪气的芳名。我时常惊诧于自己在读
诗方面的记忆力,一位无名作者的诗被我记住了,可等到见面时我
却为了保持沉稳的风度和持重感而绝口不提——我和巫昂的初次
见面正是如此,那一次我和一帮人回母校北师大朗诵,巫昂出现了,
一见面就评价我的形象说:"你长得没有照片上难看,下次出诗集我
来给你拍"。感觉上是一个心直口快(还有那么点咋咋呼呼)的小姑
娘。直到我在她的一篇文字中了解到她开始写诗和最初的诗都与
顾城(也是我少年时代的偶像啊)有关,我对自己记忆力的莫名惊诧
便可以就此收回了。

　　十七岁/想上一所离家近的大学/没有成功/成了个假

男人／二十二岁／看到一个人／眼睛长得像食草动物／他娶
别人为妻……

从顾城开始的写作，往下一步的必由之路便是逃离顾城的甜
美，除非你是一个心志不高的写作者。巫昂想逃，可她的下一步却
逃向了一个不清不楚，那一段她的诗反而在我的接受系统中信号很
弱。给人以"做诗"的感觉并带着混沌的泛知识分子气息，像是某所
高校毕业生写的——我这么说是因为在我的印象中这所高校从未
出过"绝对的诗人"，那里的诗歌一直都很"海星星"。那一段"热血
男儿"沈浩波正向我大力举荐新人，通过他我读到了许多"年轻的老
诗"（也见过几个"年轻的老朽"）——巫昂的作品夹在其中，默默地
等待自己命运的转机。

二十八岁／脚下的楼梯有些松动／被夹了一个脚址头／
送到附近的精神医院／三十一岁／没有理由再拖下去／我在
附近的郊区医院做了一次人流……

不必等到纲领的颁布——我指的是"下半身"的问世。"下半
身"作为新世纪诗坛惟一新起的具有流派意义的团体面对的是一份
先天的尴尬，一方面它具有理论上的先锋性（这无可否认），另一方
面它的存在方式在个人写作已成共识和普遍经验的年代里有着自
身无法克服的背时性。对身在其中的巫昂来说，沿着"纲领"的方向
所写下的作品几无成功，好在这样的尝试在她的作品中只占很少的
一部分。是外在大环境的改变给她的诗带来了什么，与"北帮"（所
谓"北师大帮"的简称）的友谊进而与"非非"、"他们"部分诗人的友
谊使她暗中为自己的作品找到大致的坐标系。两年来，她的写作在

找到自我回到个人的方向上成熟得很快，在我看来，她具有代表性的成熟之作都跟她的过去有关，她的文化她的修养——这一切并未在一夜之间被取消。不管她写什么，巫昂都表现出了一种天然的形而上的气质，这确保了她作品中的一种品质。她的作品从不回避自己生命中的故障与问题，也没有一般女诗人的矫作与粉饰，有着一种难言的疼痛感但又不是哭出来的。我总觉着巫昂不像是"70后"的诗人，她像是谁派来的一个人，来把唐亚平或是唐丹红无法完成的某一部分东西写出来。在读到尹丽川的代表作之前，我曾说过"巫昂是70后惟一的女诗人"，现在又来了一个晶晶白骨精。但在作品的扎实性和状态的稳定性上，我仍然对巫昂报有最大的信心。

　　七十五岁／孙子在门前摔了一跤／和媳妇反目成仇／八十八岁／在一夜无眠后／终于下定决心……

　　我想巫昂能活到九十岁，写到八十岁，成为一个祖母级的女诗人，将来在一本真正的回忆录中写到我们大家。为什么？她所有的诗加起来就把自己生命中的问题写完了，这样的诗人长命百岁。另一个原因：我看着像。

回来吧！阿斐

　　商业支撑的图书市场及其导购舆论，当然要比小心谨慎的学术玩得大胆，走在前面——这是无可厚非的，但却给我等这类的言说者带来了一份难言的尴尬，比方说此刻，我想说出"80后"这个词，却发现它早已被人用滥，在广大人民群众的理解里，那分明指的就是韩寒、郭敬明们嘛！我还没有忘记：五年前，是卫慧《上海宝贝》以及棉棉一块《糖》的热销炒热了"70后"这个词，适龄的诗人们赶紧抓过来往自个儿身上一套，确也热闹过一阵子，这么快就过去了，庸俗总会被更大的庸俗取缔——转眼间，"80后"已经杀过来了！"80后"的诗人们是不是也该借此东风呢？

　　他们不借，我都帮他们借过来了——这就是从现在开始的这个系列扫描，尴尬啊！可话又说回来，概念也就是那么一用，目的是在出人，一个过于明显的现实是：我不这么套用，那些习惯于在自己的座椅上将身子向后仰的"评论家"们，会浊眼一亮地满桌子去找他们的老花镜么？幸好，我在为了自己的写作而精心守护住的现场里，还可以为他们拎出一些人和诗。而最先被拎将出来的是第一个走进入我视野中的适龄者阿斐。

　　2000年冬我初上网时，就在南人创办的"诗江湖论坛"（那是"下半身"的起家之地和立身之所）上注意到"阿斐"这个名字，只见这小子在论坛上上蹿下跳十分活跃，但最终让我记住其名当然还在于他的诗——有一首原诗我已找不到了（经问他自己也没有保存），但诗中意思我至今记得：说的是鲁迅当年为什么老爱在国立女师大带课，目的就是为了"泡妞"，写得煞有介事、活灵活现、十分可爱。在那个世纪末的冬天，他确实让我在网上收获了一连串的阅读快感——我为什么会喜欢他的诗？大概是觉得下一代的年轻人就该这么写吧，而他在很多方面甚至比我已了解的年龄段在"70后"的"下半身"的主将们做得还要出色：因为写得非常放松而又成熟老道。比如他有两首均写到"血"的诗，一首叫《红旗》："红旗／在一根细长的铁杆顶端／迎风飘荡／我心里一热／眼睛一花／：血／沿着铁杆缓缓流下"；另一首叫《车祸》："碾！她在轮子底下／化成液体的／血／／整整一个月／她以红斑块的形状／躺在马路旁边／任人糟踏"。

面对以上两首诗，想要领悟其好，我想无须我多言。在当年，当我更进一步地了解到它们的作者是一位年仅20岁的北京理工大学的大四学生时，感到十分惊讶！那年年底，我途经北京去大连，在"下半身"的一次宴请时见到了这位大学生，穿着朴素的一条小汉子（跟我想像中的相差不多）。那是我与"下半身"全体成员最快乐的一次聚会，席间忽然不见了小阿斐，我去厕所"走肾"时看见他在包间外客人已经走光的饭桌边坐着正跟两个女服务员聊大天——他那副反时尚青年的平民主义形象我以为是能够写出更好的诗来的。

那一年，我于网上发贴时预言："明年将是阿斐年"。

当然这最终没有能够成为现实，甚至这一年的势头在阿斐那里既没有得到保持和重现，他的写作随他本人毕业返回故里江西而陷于沉寂——当时我想，这是一个年轻的诗人忽然离开青春式的"下半身"集体写作氛围而造成、从京城的热闹回到外省的孤独而造成的一种暂时性现象，作为经历相似的过来人我深知这是挺难过的一道坎儿，有一次在传统的《诗刊》上读到他写的一首一下子回归了传统的诗，我还在为他高兴：因为我体会过一个青年诗人的成长并不单单是把诗写好这个问题，他必须依靠自己的力量从铁板一块的诗坛下杀出来。再后来，他离开江西去了广州，在大名鼎鼎的《南方都市报》工作，还给来过一个电话，诗不多但也时常能够见到，其中也有好的，但当年那个神勇的状态、那个灵性、那股子劲却已不再——已经不再是那个堪称天才的阿斐。

关于诗歌写作内部的一些问题我自认为是搞通了的：比如天才与少年，比如集体写作与青春写作，比如恒星式的诗人和彗星式的诗人……但我还是希望阿斐能够打破铁律，重新回来，作为"80后"资格最老的诗人当有不尽于此的表现！

饮者马非

　　时间进入到新世纪以后，某些东西确实已被无端提速，就像此刻，当我说起文学——诗歌意义上的"70后"时，就像谈论已经完结的东西，就像总结。

　　现在我试图朝着当年去想，往最早的他们可能出现的时段里去想：记得在上个世纪90年代之初，我在一些刊物上发东西时就曾遭遇过那时并不明码标出的"70后诗人"，有那么两个似乎还挺"火"——所谓"火"就是已在《人民文学》那样的"头牌国刊"上有组诗发表，如今这两位小爷早已不见了，我甚至已然想不起他们的名字来，去年的某个时候，我在一家诗歌网站的诗讯栏中终于又见到其中一位的消息，说是花了好几年的功夫给某大酒厂写了一首万行长诗，得到了一千万的奖金云云……看着看着，我哈哈大笑起来。

　　思来想去，确实没有比我的"关门弟子"马非更早的"70后诗人"了，比他更早的就是上面这种情况了，未得"幸存"，无法"活着"。当年我从北师大毕业后回到故里西安，最先寻上门来的大学生校园诗人是与我同代的"知识分子诗人"西渡的胞弟西村（后易名达达），他是韩东早年曾经执教过的陕西财经学院的一名学生，随后他又带来了他的同班同学一边：是我当年接触的这帮年轻人里最灵的一个（当年我确实打心眼里认为他的可能性是最大的）——随后，这最灵的一个又带来了最笨的一个：就是马非。当年他还不叫马非而叫王绍玉,是陕西师大中文系的一名低年级学生,当年就生了一张老脸,在1991年的一天被一边初次带到我的单身宿舍,当时一边一进门就介绍他说是某位著名诗人的侄子,年轻气盛的当年,我对"世家子弟"从不正眼相瞧,也就没有多瞧他那张老脸,只管跟一边说话、谈诗,听我信口开河胡说八道,这个初来乍到的小王听着不顺耳,张口争论道:"照你说,干脆把梅花都写成梅毒算了!"——听完此话,他们走后,我还就把"梅花"写成了"梅毒",那便是后来侥幸得以发表在《诗刊》上的拙作《梅花:一首失败的抒情诗》。

我反正是已经死心踏地要和正人君子的诗歌过不去了,让我始料不及的是对方:我刚读到一边拿给我的这个小王的一组青春抒情诗式的东西(写得其实不坏),他自己拿来的新作却一下子从"梅花"跳到了"梅毒",我喜欢这样的"孩子":他不是那种要为嘴皮子上的真理而斗争到底宁死不屈的"对方辩友",而是在努力寻找着能够打开自己生命的真诗,寻到了他便在暗中自认,玩将起来。小王后来给自己起了个文诌诌的笔名叫做"非也",我说:"你叫非也不合适,你干脆叫马非(吗啡)算了。"——这也表明我对他大学后期诗歌状态的一种认可,当时他欣然接受,摇身一变即成马非。

1993年夏,他大学毕业回到西宁,从此在这座寂寞的高原之城中开始了他的个人写作生涯。开始那几年我总是能够在夜深人静时接到他在酒后打出的电话,没事儿,就是想说说话,言语中透出的尽是寂寞,刚回去的时候他在那座城里想找一个认可他作品的朋友绝无可能,他也不无激愤地多次骂道:"妈的,到处都是昌耀的徒子徒孙!"1994年,他与我、严力一起出版了一本诗合集《一行乘三》之后,其人其诗也渐渐为外界所知道,但也从此背负起一个"像伊沙"的罪名(此话搁在当年可是非同小可:就跟骂你像王八蛋差不多)——不论好与坏,反正说你"像伊沙"了。1999年我去北京的时候还有一圈人在这么说，这几年好像都统统闭上嘴了。马非的确不是那种早熟的聪明伶俐一步到位的才子，他是那种认准了一条道路便一门心思一根筋地走下去的汉子，由此获得的成就才更加可靠，如今他的确已经成为"70 后"这个年龄段的诗人中最为稳定和最有实力的一个。

酒与诗是马非生命中两大必不可少的需要，如今他的酒名与诗名同盛，构成了他的传奇，去年夏天我去他那被誉为"夏都"的城市消暑，留下过一首《饮者马非》，录此博君一乐："前手执空杯/后手操酒瓶/仿佛操枪/或仅是操着/自个儿的手倾倒/动作肃穆/表情混沌/我能喝的兄弟/多年以前/把大碗吃酒的风气/带到我的小屋/后来我行走江湖/在异地的酒鬼口中/听闻你的酒名/所到之处/喝倒无数/如此说来/命定与酒缘薄的我/与中国最善饮的诗人/有着漫长的共饮史/那是一些惬意的时刻/也是一些安静的时刻/饮者爱喝/自顾自喝/从不大声喧哗/这一个酒字"。

卷 C

盘峰论争

作为事件的"盘峰论争"

——在"九十年代汉语诗研究论坛"的发言

在 90 年代,从汉语诗歌的内部严格来说,真正能构成并被称之为事件者惟有"盘峰论争"。如果说"朦胧诗论争"、"两报大展"是 80 年代汉语诗歌的标志性事件,那么 90 年代汉语诗歌的标志性事件则无可争议的属于"盘峰论争"。

近二十年来的历史表明,事件的发生对于汉语诗歌在中国的发展有着明显的毋庸置疑的推动作用,这是由本土化的汉语诗歌极具中国特色的存在方式决定的,也是由诗歌在当前社会大的文化环境中的位置所决定的——它的民间性,它的地下运作的方式,决定了它在常态之下保持沉默的面孔。它因事件而开口说话,它因事件而使人们得以了解它存在的真实,它因事件而显示出这儿的空间从来不是死水一潭。事件成为汉语诗歌向前一跃的跳板,或者它一直跳跃着,是事件的镜头让我们一次看到了它所到达的远度。对更多的人来说,是事件让本不该成为秘密的东西揭开了。

"朦胧诗论争"是三个真人与上百人的论争,现在我仍然愿意满怀尊敬的提到这三位真人的名字:谢冕、孙绍振、徐敬亚。他们因此而德高望重属于名至实归。我在大学做相关论文时查阅过大量资料,这上百的名单中不乏后来成为著名教授和著名学者的。"朦胧诗论争"的结果是朦胧诗被普及化了,是它最终走向传统教科书的开始。这是事件的作用,是真理掌握在少数人手中的活例,是真正的艺术最终将夺取人心的见证。我清楚地记得,在1986"两报大展"发生之后不久,一位属于北京圆明园诗社的青年诗人有过一番诚实而感慨万端的自白,他说他们当年组建圆明园诗社的时候想的是要高举《今天》的大旗,准备将《今天》未竟的事业进行到底,他们没有想到在外省主要是南方诗歌的发展如此之快,中国的诗歌已经走到了比《今天》更远的地方。这还是业内人士,如果没有"两报大展",他根本就不知道南方的同行在干什么。这番话恰好是徐敬亚论断"先锋诗歌的重心已经南移"的性感注解。当时尚在北京读书的我由此觉悟到:在中国汉语诗歌的版图上连首都都是孤岛。由此你也就可以理解,为什么"两报大展"——仅仅是数十家民间社团流派一次抽样性的作品展示,就在汉语诗歌的发展进程中起到了那么巨大的作用。

中国人习惯于膜拜历史,好像只有那过去的铭刻在碑的东西才是值得尊敬的,我不是常常也有望着先贤发黄的照片发呆的时刻么?而对眼前的现实又极度缺乏历史的敏感。我在去年春天的那个早晨在北京保利大厦门前等车的时候,我根本不知道我即将卷入一场言语的争斗,我必须以战士的姿态来做一次历史的抉择,我也并不敏感:中国新诗史上一个最适用于世纪之交的经典事件正在向我和我身边的人走来。当这群主要是来自外省的散兵游勇观光客般探头探脑地保持着初到北京的新鲜劲儿的时候,王家新正开着自己的私车将洋洋万言的批判材料运抵平谷县"盘峰诗会"的现场。今天已从这段历史中走出来的我,无法克制内心的感动要向如下人等表示我的敬意,他们是于坚、徐江、侯马、沈奇、杨克,他们只是到了现场才被主持人临时指认为"民间立场"一方的(像是为了主持的方便),他们面对诗歌强权与腐朽势力来势汹汹气焰嚣张的挑战,只是凭着诗人的直觉做出了自己的反应,大概除了我,这里没有天生的"好战分子",我知道他们多少都克服了自己人性中柔软的东西,理智地选择了针锋相对,在这个复杂而微妙的时刻,是他们挺身而出扛住了汉语诗歌正在下落的闸门,让流水前行。与他们共同扛住了这道沉重大闸的是在会场之外会前会后奋而投笔的沈浩波、谢有顺、韩东、宋晓贤、唐欣、中岛。历史一样会记住这些名字,因为是他们自觉承担了对于诗歌的道义和责任,凭着他们的艺术良知,在本土化的汉语诗歌该不该向前发展独立前行、中国汉语诗歌的真相该不该大白于天下的历史关头。

在盘峰,"民间立场"有三张铁嘴:我、于坚和徐江。这三张铁嘴对付只会照本宣科毫无语言风采的"知识分子"三十张嘴也绰绰有余,有位同情"知识分子"的诗人说我们"主要是口才好",在盘峰我们仅仅占据的是口舌的上风吗? 在后来,论争移至报刊媒体,一位急着在会外站队的"知识分子"小诗人在事后总结说:"知识分子"不该用"民间"的方式和"民间"玩。他的意思是"知识分子"不擅长写檄文式的论争文字。也许他说得很对,但在后来我们仅仅取得的是笔墨的胜利吗? 别骗自己了! 我的"知识分子"的傻哥哥们。"盘峰论争"之前的日子多好啊! 引进外资给他们自己发奖,引进外资在最权威的官方出版社出他们的书,不论何种形式的出国都是出访,"流亡者"也可以想回来就回来,用只有伪诗人才会酷爱的所谓"学术论文"的方式相互吹捧自我炒作了长达十年,他们说什么人们就信什么,他们想谁就是谁,那种主流感,那种惟一性。怀念吧,永远地怀念吧,那一去不复返的好日子。他们内部正要分封割据的时刻忽然有遭劫感,难怪西川要一声怪叫"黑社会"。此番他们失去的恐怕不止是半壁江山和他们自以为可以独霸的历史,此番他们遭遇了一个让他们坐卧不宁的坚硬的词——那就是"真相"。

　　穿过迷雾,"盘峰论争"最终抵达的是九十年代汉语诗歌的全部真相,并使这真相大白于天下,这是那么多的诗人用十年寂寞的奋斗共同铸就的并不喧嚣但硕果累累的九十年代,是标志着汉语诗歌在20世纪辉煌高点的最后十年,谁也不能以一己私欲而任意抹杀!"盘峰论争"的适时发生,真是天意!如果不是这样的话,《倾向》的"明灯"将真的像某些人所希望的那样照耀我们,照耀《今天》,照耀《非非》和《他们》,照耀《诗参考》和《葵》,《锋刃》和《诗镜》,《朋友们》和《下半身》,我们在座的所有人都是这"明灯"照耀下的一片"泥泞",这不是我的比喻,我想不出这么背时而腐朽透顶的比喻,这是程光炜教授在其编选的《岁月的遗照》一书序言中的庄严宣告。是的,我们是"泥泞",就算我是"泥泞"也要飞起来糊住你那自封的"明灯",这是我的脾气。而我在儿时的做法是:"我用弹弓打灭所有的灯盏/尽管我也并不喜欢黑暗"。

　　"盘峰论争"的意义并不仅仅在于提供了一份全面准确的总结,让汉语诗歌的真象大白于天下,它更重要的意义是对于今后的。在作为基本立场的民间性、存在形式的本土化和作为艺术追求的先锋性被确立以后,汉语诗歌在新世纪的道路变得宽广开阔高迈起来。与帮气十足趣味一致非常组织化富于山头主义色彩的"知识分子写作"相比,"民间立场"从来就不是一个宗派和组织,甚至不是一个狭义的艺术流派。它是中国诗人别无选择的存在空间和对自身宿命的积极确认,是具有自由主义艺术家这一特征与禀赋的诗人们的集散地。"知识分子"永难理解为什么作为"民间"重镇的《诗参考》主编中岛会激烈抨击"民间"的另一重镇《1999中国新诗年鉴》。"知识分子"也永难理解在"盘峰论争"之后由"民间"诗人于坚、杨克参与编选的《作家》、《上海文学》"两刊联展"中会没有我、徐江、侯马、韩东、唐欣、宋晓贤、中岛的名字和作品。"民间并非是一个内囿性的自耗场所，虽然它坚持的是文学的绝对标准、绝对价值和绝对意义（在此并无妥协商量的余地），但它的视野应该是开阔的，并不内敛，它的方式是多样的，并不单一，它的活动是广大的，并不狭隘，它的气氛是欢乐的，并不阴郁，它追求的是绝对永恒，并非片刻之欢。"我想不出比韩东更博大而精微的语言来描述这个伟大的"民间"了——我们身在其中无意自拔的民间，我们惟一的民间。

在网上写出《诗坛英雄排行榜》的百晓生有两句话曾叫我心跳，他说：我独爱这个江湖，我只心系这一个江湖。这完全是侠士的肝胆剑客的心肠，这完全代表我的拳拳之心。所以我来了，来到这里，在中国民间一个更加广阔的天空下，在无限自由的空气中，在南岳衡山与各路英雄抱拳相认。几年前我在致上海诗人默默的一首诗中曾写到过"四海之内皆兄弟"的话，今天曾经沧海的我仍然信奉它。不论此次我们在此经历的是外界盛传的"衡山论剑"还是"衡山会盟"，我相信所有来到这里的朋友都会在"同在民间"、"永在民间"的基本事实和永恒立场面前找到一个共同的方向——我相信那正是汉语诗歌在新世纪的中国不断前进的方向。

满意与遗憾

大概是受了《新周刊》这类"盘点专家"的影响,到了去年年末的一天和一位朋友一起绕着大雁塔散步时,也给自己即将过去的一年做了一番"盘点"。做的也还煞是认真。

在似乎是不同寻常的 1999,我对自己最满意的一件事是积极参与了"盘峰论剑"并且在论争当中有着自以为出色的表现;而最感遗憾的一件事,则是没有应邀参与《十作家批判书》的写作。两件事都和"骂人"有关,所以在已经过了这么久之后,我还想拿到这里来说。

我写了近二十年的诗,做了不止于二十年的人。而"盘峰论争"正是这样一种考验,是对你几十年来写诗做人究竟到了什么份上的一种考验。一切都好像是突如其来的,你必须在第一时间做出决断,你说你是没有立场的,天生的散仙一个,那有没有利益(有些人不好意思提这个词)渗透其间?就算你不承认有利益这回事,那诗学上的是非判断总还是有的吧?不好意思说出来吗?为什么?怕人以为你是有立场的?怕人以为你站在了对方的立场上?怕得罪了什么人从而伤及了自身的那点利益?说穿了还不就是这些东西。我们都是人,我们并不纯洁,我们也无法纯洁。在那个充满戏剧性的场景当中,你根本没有其它选择而必须表态。我没有背叛自己的艺术立场,我也没有背离自己的价值取向和利益判断,我更没有违背自己做人的基本原则和总体风格,有此前提剩下的便是一场智力游戏。我在一首名叫《峥嵘岁月》的诗中写到了这次论争事件："我以为今生今世/已经不会遇到/为真理而斗争的事/直到今年四月间/我在北京平谷县/遭遇一小撮知识分子之前"我使用了"真理"一词，其实哪有那么严重？也就是以真理的名义所进行的一场智力游戏。在这场游戏中显然你没有对手表现得更蠢。而且以你之性情将之玩得很真，搞得颇为痛快，先是当面骂再跑到媒体上骂，这样的事一年中能有几件呢？所以我说最满意。说实话我并不关心"盘峰论争"的文化意义（它可能真有意义），而只关心它和我身体之间的关系（它让我真正的痛快了一下）。

《十作家批判书》的策划者暨出版人张小波是我的朋友，他两度邀请我撰写该书的两个章节，都被我推掉了。自己找了一个冠冕堂皇的理由，就是惧怕小波策划中的"半学术"，实则犯懒。该书出版后，我听到或看到一些所谓的"学者专家"的反应，眼见这帮饱食终日无所用心的家伙居然还能平心静气地说长道短，我就知道"革命尚未成功，同志仍须努力"。这反而激发了我的写作热情，可惜已在事后。不当事后诸葛，我不是说我可以比朱大可等优秀的作者写得更好，而是说如果写的话，我的方式会更为彻底，会让那些无聊看客顿然丧失放屁的雅兴。所以说，我是为自己留下了一个不小的遗憾。在这一年中也堪称"之最"。

1999，满意与遗憾，都与"骂人"有关，如此说来我已经丧心病狂了吧？不，不，那只是我身体中的一小点儿需要。

"人话"终于吐出

　　我一直以为"知识分子"诗人是不说人话的,他们在自己的作品中不说人话,用的是中国人唱意大利歌剧的那种美声腔调,真是把人恶心死了! 而在他们比作品还多的"学术论文"中,总是不厌其烦地罗列:里尔克说了什么,帕斯捷尔纳克又说什么,所以什么。他们从来不说:我说了什么。

　　我的成见终有被打破的时候,那是在不久前的一天,我在《阅读导刊》上读到了孙文波就"盘峰论争"的一个简短发言,短短三百来字的发言却是说人话的,人味十足的。但这是什么样的"人味"啊!

　　孙文波说:"要我现在再来谈谈对盘峰诗会的看法,我只能说:没有看法。那些由它所起始的诗歌论争,用我今天的目光看,除了给爱嚼舌头的人提供了一些话题,又能说明什么呢?"

　　我的疑问是:既然孙文波对"盘峰论争"持这种虚无的态度,那么他干吗还要在论争结束后伙同王家新将"知识分子"一方的论争文字汇编成册出版,并再次盗用"90 年代诗歌"的名义? 照他的说法,出版的目的不是让更多的人嚼舌头吗? 真是人爱掌嘴你拦不住。

　　孙文波说:"时至今日,我对我写了一些报纸小文很不以为然。我知道,如果盘峰之争发生在今天,我肯定不会说一句话。"

　　这是反思么? 他以为人们会相信他反思的真诚态度么?"盘峰

论争"也就是一年前的事,那时的孙文波比现在是小了一岁,但也是成年人啊!他那些"报纸小文"不是他自己写的么?谁逼他了?他现在是看结果悔当初,他不骂人他的平庸就不可能被揭露,难怪连一位"知识分子"的主将也在私下里说:"在盘峰论争之后,孙文波的平庸成了尽人皆知的事。"

孙文波说:"论争,如果论争就能产生诗人,那我们才要嘿嘿一笑了。"

我记得孙文波还在某篇论争文章的结尾处谈到过这么一个意思:让"民间立场"的人去论争吧,他们论争文章写多了就顾不上作品。真是可乐!这完全是高考前那些笨学生的心理。我在一篇文章中说他"哪壶不开提哪壶"就是指他这个以作品平庸著称,靠"知识分子"十年来的学术包装起家的人,却整天口口声声作品作品的,让人颇觉滑稽。王家新说:二十年后再看。看什么?我要没理解错的话,他大概也是指的看作品。他们真以为只有他们才有作品吗?我把话搁这儿:我用我今天的作品和你们今后二十年累积起来的作品比,我今后二十年的作品另有比处(不是你们),就这么着了。

孙文波说了那么多,最后通向哪儿?他这三百来字没有标题但有题眼——"我要告诉别人的是:我已忘记那鸡巴毛的论争。"

"鸡巴毛"——这就是孙文波的"人话"吗?抑或是"知识分子"所理解的民间语言(以其对付"民间立场")?"人心里所充满的,口里就说出来"青年评论家谢有顺引用圣经的话来针对"知识分子"的某些无稽之谈,还不包括"鸡巴毛"之类。而现在,我像一个过路的人,面对路边的这堆垃圾,我的疑惑是:这是从哪个垃圾站运来的?

什么是阴，什么是暗？

去年六月在成都，参加一个"电影与文学"的研讨会。于坚、韩东、朱文也应邀而来，再加上杨黎他们一大帮本地写诗的，挺热闹挺高兴的一次相聚。

有一天四川大学来拉人去搞讲座，我和老于或者是因为善讲或者是因为爱讲而被推出去当代表。讲座结束以后，带我们去讲座的人说有一个人想见我们，但因为此人是东道主杨黎十分讨厌的人，所以最好私下里见。人家既然想见那就见见吧，也没什么大不了的，我们便同意了。

午饭时那人来了，一副赤诚相见的样子。那时"盘峰论剑"刚发生不久，他热心地问起会上的情况，我们就谈了许多，他又表现出一副要主持公道主持正义的样子。

那天的天气非常阴暗，成都的天气似乎日日如此。

我回西安之后的一天晚上忽然接到此人的电话，他说想在成都的《读者报》上组织双方论争的文章，他想请我来组织"民间立场"一方的。我就照办了。文章发出来我有些奇怪和不舒服，我的文章原叫《三段论》，发表时被改成《如此三段论！》，那不成了我自个儿骂自个儿吗？这就是此人的编辑风格和水准吗？我不相信。我知道他是在向什么人透露信息和变相表态。

他在"知识分子绿皮书"里的话是他真正想说的："伊沙切断了

第三代诗歌对平庸腐朽的公众趣味反叛和革命的脉息,而把第三代某些诗人哄闹、阴谋、运动和操作的恶习,以及媚俗甚至同流合污的时髦策略发挥到极至。"

我以为这个人说我什么都可以,这是他作为我的读者的神圣权利。他惟独失去了资格提及的词就是"阴谋",因为他这是"哪壶不开提哪壶"。因为我还清楚地记得在去年六月那个成都的阴天里,此人与我频频碰杯,大谈我诗的时代意义是历史无法抹杀的。

此人已是一把年纪的人了,他的年纪是我所不能理解的那种年纪,与一个已逝的时代相关。

善良的鬼祟之人

去年有两派诗人在一个会上大吵一架,因为也确实涉及到了诗歌内部的一些关键问题,所以诗界称其为"盘峰论争"。不管叫它什么论争,架反正是吵了,和气也伤了,也就是说它是已经发生的事情。而且我有这么一个发现,就是随着事情过去得愈久,大家再谈起这事儿的时候,就会把更多的注意力从意气之争转至具体问题。论争正像是有些人当初呼吁的那样正在逐步深入。而在我看来,这是一场伟大的诗学革命的真正开始。仅仅是在一年多的时间里,它已经产生的效果大家已经看到了:如今诗坛新人在大家热切的关注目光中层出不穷的局面已经让我这一辈在 90 年代初艰难出世者有些嫉妒了,嫉妒但又满怀高兴。伴随新人的成长,艺术多元化的大好格局正在形成。

这不是很好的事儿吗?这不是很令人高兴的事儿吗?可是最近以来,在我周围,在论争的两方之间却出现了一些鬼祟之人,在做着一些恢复沟通和消除误解的工作,在这个人与那个人之间做着恢复旧情重建和气的工作。他们的工作令人废解。我作为盘峰诗会的亲历者,目击过当时论争或吵架发生的前后过程,我有充分的根据可以问上一句:所有在场有着旧情的人,究竟是先废了旧情才来吵架的,还是因为吵架才废了旧情?我想没有一个人敢于理直气壮地回答我。如果真是因为诗歌中的"主义"才废了私人之间的旧情,那就让它废掉好了,有什么大不了的!堂堂七尺男儿,还都以大诗人或诗歌界的大人物自诩,婆婆妈妈的跟一帮老娘们儿似的!

我如何来理解那些善良的鬼祟之人呢?我将绝不回避谈论这样的一个事实:他们是天生的庸常之辈,全都不是本质的诗人,平庸者的安全感就是要制造团结,在一团和气中这类鼠辈的能耐才能得以发挥,什么能耐?正如我们在社会上已经见惯不惊的那种利用人际关系的能耐。革命总是需要绝对的人格、胆识和智慧!革命会使这些善良的鬼祟之人瑟瑟发抖!鲁迅生前和人结下了太多的梁子,据我所知,这些梁子在鲁迅死时几乎无一化解,是鲁迅身边没有这种善良的鬼祟之人吗?我想知道的是鲁迅拒绝了他们还是鲁迅的周围压根儿就没有他们往来的空间?

现在的诗人真是已经退化到血气全无。韩东有则口头寓言,说的正是此次"盘峰论争"中的两派中的两个人物——"知识分子"的甲和"民间立场"的乙,在老的时候都沦为乞丐,在街上行乞时忽然遇上了,抱头痛哭,尽释前嫌,大骂当年对骂的愚蠢——这不还没成乞丐呢,如上景象已经赫然发生,在西装革履同为名流的环境中。

中场评诗

一切都如我料想中的。西川写《停电》，王家新写《日记》，欧阳江河写《落日》。三个人的诗歌练习。对于贞志这样的"知识分子小球迷"来说，这个阵容够豪华的吧？绝对属于他心目中中国诗歌的"铁三角"，但这一回他将亲眼目击这个脆弱的"铁三角"是怎样的有来无回。痛哉？快哉？

顺便提一句，以上三人也正是杨远宏推举的三位大师，杨远宏说："欧阳江河更像一个技艺精湛的诗歌写作专家，西川更像一个宁静致远的现代隐者和高士，而王家新则更像一个现代诗歌的仁人志士。"是吗？

我们先看时不时要在电视上露上一面的西隐者，看其《停电》我楞是想不明白，他怎么就敢用"一个发展中国家"这样既无生气又无质感的词儿，还有这种不过脑子顺嘴流出的公共感觉："一个有人在月光下读书的国家／一个废除了科举考试的国家"。我发现"知识分子"尽管外表严肃，满嘴诗艺，其实对自己的要求并不严格，那么明显的放任自流。当然，这不是初次发现。然后他听到了一些平淡无奇的声音，然后他看到了一个吃着乌鸦肉的胖子（请注意：这个意象可能暗藏哲理，是什么？管它呢！），然后是母亲然后是气味，反正都是臆想，"停电，我摸到一只拖鞋／但我叨念着：'火柴，别藏了！'"这可能就是此诗仅有的一点诗意吧，或者还有"在烛光里，我看到自己

/巨人无言的影子投映在墙上"。似是而非的感觉,莫名其妙的语境,寥寥草草的构成,应付差使的诗人,读者们,你们感觉吧! 真是爱谁谁了。感觉永远不能到位,感觉永远不能穿透,这就是"知识分子诗歌"。在"大师"面前我也犯不着假装谦虚了,我在一首长诗的一段中写到过停电:"今夜停电/城中一片黑暗/即使在黑暗中/我也感到/眼睛的作用/我看见蜡烛在抽屉里/抽屉在柜子中/柜子在房间的一隅/我走向蜡烛并拿到它/在返回的路上/却摔了一跤/没什么绊我/是我自己/闭上了眼睛",其实口语不口语都是扯淡,我从不因此而歧视谁(而"知识分子"恰恰相反)。关键是于诗而言,我发现了而他没有,我抵达了而他没有。

再看看王家新,关于此人我不想多说,对他二十年来诗里诗外的表演我已写了专文,请读者关注。对其这首《日记》,容我一言以蔽之:一篇散文,一篇结构上类似杨朔的散文。没什么好奇怪的,其诗受十七年的影响太深;其人中文革流毒太深。

欧专家的《落日》比上两人的表现稍好一些,这是他一贯的欺骗性在起作用。上一回我没搞懂什么叫"少女赤裸而多腰",这回我搞不懂"两腿间虚设的容颜"和什么叫"对沉沦之躯的无边挽留"。而从"落日"到"咽喉"再到"糖果"的意象积木堆积游戏我是看明白了——这便是欧专家的看家本领,太小儿科了! 然后再生发一些似有实无的形而上意义:"万物的同心圆"、"沉没之圆"、"吻之圆",足以把那些永远摸不着正门的文学青年吓得半死,也仅此而已。

时间到了,彼人的中场评球到此结束,请看下半场。

作为散文家的于坚

我和于坚见过四次面。其中两次是在去年。去年4月份我们到北京去赴"知识分子"设下的"鸿门宴"（也有人说我们是去"北伐"），有一种并肩作战的感觉。然后是6月在成都，有一个电影方面的会议，我们都应邀前往，这一次像在度假，一起度过了轻松愉快的五天……

我想说我不认识这个人，可已经来不及了，而且没有必要，即使是为了写一篇纯粹评论的话。再加上这是一篇为其散文而写的文字，所以我又多余地知道了他是一位诗人。但如果他不是一味诗人的话，也许我压根儿就不会知道他……

饶舌了！之所以如此饶舌的原因是想提醒大家，我在这里所谈论的不是诗人于坚的散文，而是散文家于坚的作品，他自己也曾在一本书的后记中说过一句话，意思是他的写作没有副产品，"我以为作品就是作品，不存在主副之分。"而在我的介绍中，我将努力把于坚从朋友、诗人的位置推到散文家这把陌生的椅子上来谈。

经由如上的种种调整之后，我们试想散文作者臆见在文坛初现（而不是成名诗人于坚顺带写起了散文），恐怕就不会像如今如今这样死水一潭的沉寂了，是后一种理解把一切变成了儿戏：诗人之于散文的儿戏。再新鲜有力的东西都可以不去正视了。

当于坚以一大组《XX记》正式开进散文领域的时候，懒惰而闲散的中国散文界才第一次有了面向文章本体的变革(实验)意识和举措。还是让我们忘掉这是由一位先锋诗人带来的吧,它仅仅是散文作者于坚的贡献。其实在此之前,于坚已经写出了一本非常漂亮的大散文——就是他后来结集为《棕皮手记》的东西。他可以把诗论写成可读性很强的散文——那又是他对理论文章的一次突破性尝试。从《棕皮手记》到《人间笔记》,于坚因其对散文文本的特殊贡献而成为当代中国最重要的散文家之一。

观念超前使于坚在不同领域显出了他的重要性,但脑中顽强的观念也使他的东西有时失之于单调。他的写作太有目的了,包括他的散文。所以,于坚需要放松,他的"造话"活动不要变得过于井井有条——这就是我为什么更愿意向诸位推荐他即兴的片段式的东西。

谈出意见,我就算说完了。

朴素抒情

——韩东《你见过大海》简论

被誉为"中国庞德"的韩东,他在中国当代文学版图中举足轻重的地位,首先来自于在过去的 20 年间,其在诗歌、小说、文论诸领域内具有里程碑意味的文本建树。他在 1983 年创作的名诗《你见过大海》(包括以此为代表的一系列佳作),正是被称为"第三代"风起于上个世纪 80 年代的中国青年先锋诗歌运动的成果标志。

在中国国内,评论界对此诗的解读近乎一致地集中在它可能蕴涵的文化"解构"意味上——普遍认为此诗是带有"后现代性"地针对传统美学及诗学趣味的一种"消解"——在此,"传统"被界定为具有中国古典的和在此诗写作当时正风靡中国诗界的西方"现代主义"的两个部分。在某位论者的笔下,甚至将韩东两首名作的"解构对象"定位得十分具体:此诗针对舒婷名作《致大海》,《有关大雁塔》针对的是杨炼名作《大雁塔》。由此,所谓"后现代主义"与所谓"现代主义"便在评论家那里"历史性的"完成了"对接"。这种普遍采用的对韩东(包括以之为代表的中国"第三代诗人")的解读方式,或许有其存在的合理性,因为在中国日常的生活场景之中,作为传统大众艺术形式的相声——它的演员在表演中都可随口讥讽诗人为"啊!大海"——这几乎可以概括传统诗人在大众心目中的具体形象。后起的"先锋诗人"当有打破如此陈规重建诗歌精神的自觉。

即便如此,面对诗人写作的复杂、微妙和隐蔽性,这种过于文化的解读方式——不说是粗暴也显得简陋了,以至显得十分荒谬和滑稽。如何能够回到诗人写作的内部来谈论诗歌——一直是中国诗歌评论界普遍存在的最大问题。在此诗写作前后的一段时间内,韩东曾面对中国诗界发出对"朴素"的呼唤,而在90年代初的一篇对话录中他又提出"第一次抒情"的理论——笔者以为,在此两点构成的一线上才有韩东诗歌的本质:他所谓"朴素"是指回到个人感觉的真实,他所谓"抒情"指的是诗歌的本质,他就是要在这个状态里完成他永远追求的"第一次"。就写作而言,《你见过大海》正是"朴素抒情"的产物,所谓"解构"、"后现代性"大概只属于韩东文化修养的范畴、属于这一代诗人身后的文化背景——或者干脆只属于论家的阅读。当革命、运动转化为日常生活,随着置身环境的日渐转变,韩东诗歌"朴素抒情"的特征也愈加明显,此为后证。

还必须指明的是此诗及其创作者在语言上的巨大贡献,汉语中具有言说意味的"口语诗"——它大大丰富了汉语古典诗歌徒有吟唱意味的单调性,从而也大大加强了汉语诗歌的承载力——正是以此诗作为发轫标记的。有人将其视为语言的"纯诗",也不能算是误读。

笔者近译美国诗人查尔斯·布考斯基(charles bukowski),发现在布氏诗作中也有一首以非传统的方式写到大海的,题为《遭遇天才》,全诗如右:"今天我在火车上遇到了/一个天才/大约6岁/他坐在我身边/当火车/沿着海岸疾驰/我们来到大海/他看着我/说/它不漂亮//这是我第一次/认识到/这一点"——此诗写于上个世纪50年代的美国,在汉语世界中出现已至目前,所以它不可能"影响"中国诗人韩东,而这种不谋而合正好说明东西方文化的关联从来都不是建立在外表所谓"思潮"的"影响"上的,而是各自国家和地区的创造者在不断深入地表达人性的探索上所达成的异曲同工——这种努力从未停止。

有话要说

一位美国诗人(请原谅我未能记住他的名字)把诗歌在当代生活中的作用概括为"便条"。这是迄今为止我所听到的关于现代诗歌最懂行最具发现性的说法,你可意会,我不能按照我个人的理解去阐释它一个字。

便条的写作。片言只语的写作。不得不说的写作——这是今天的(请不要杞人忧天地说这是"最后的")诗歌写作。

把自己的写作当成一项伟大工程的开始(而不是书写便条),设想自己是和屈原、李白、但丁、歌德、莎士比亚……一同开始,这是中文系大学生的幼稚病,是典型的文学青年式的业余写作。可怕的是,这种写作在90年代以来蔓延在相当一部分(甚至很多被认为是"优秀"的)中国诗人中间。

不是怕被读者漠视——这完全是另一个话题。我只是有些担心,中国的诗歌已被中国的文学艺术所抛弃。因此我暗藏一个小小的愿望,愿意以诗人的身份与同时代最优秀的小说家、摇滚人、前卫画家、行为艺术家、实验话剧和地下电影的导演……把东西搁在一起,比一比哪怕是最外在的一点小聪明呢!

台湾诗人痖弦在评论另一位台湾诗人商禽时说:"我觉得每一位作家都应该是一个广义的左派。"我抄录这句话是因为我认同这句话。但我拒绝抄录他对这句话的论述。这句话不大能够经得住论述(世间很多很对的话都是如此),它本身很好地说出了我的一种感觉:关于一个作家的基本立场。

某年冬,住在上海的前四川诗人 X 来西安,他告诉我在上海时有一个假期他和诗人 C 去附近的一个人工岛玩,一路上 C 背诵了我很多诗,让他感到很惊奇。我听了自然很高兴,我记得 C 在一篇纪念海子的文章中写过他只能背诵两个人的两首诗:海子的《打钟》和柏桦的《琼斯敦》。很巧,C 在第二年的初夏也来了西安,是带着一个女孩来的。我是接待者之一。我以为我们有话要说,但其实无话可说。在西安时,C 只是和另一位做诗评的朋友 L 谈起了我的诗,他说他很喜欢读,但认为那不是诗。那我的"诗"是什么呢? 是相声段子吗? 像 C 这么雅的人能记住相声段子吗? 我不认为他不诚实——但很可能他是最大的不诚实——一个不敢相信自己生命感觉而只相信文化观念的人是最不诚实的人。诗人圈中多这样的人。

我的语言是裸体的。别人说那是"反修辞"。

有两种卫道士,一种是社会意义上的,另一种在我们行业内部,满嘴"诗"、"这是诗"、"那不是诗"的那路货色。

10 年后,回母校朗诵。本来应该是个节日。那么多有名有姓的诗人欣然前往,这在我们上学时的 80 年代也不曾有过。我当然知趣,懂得场合,准备读两首情诗了事,可没架住几位小师弟的一哄,他们鲜明地追求着伊沙式的生猛(北师大的传统?),让我不好意思不拿出点真东西。结果是我一读诗,30 余名女生和个别男生相继摔门而去。雨夜,砰砰的摔门声,女生们愤然而去的背影,诗歌构成了一种伤害。一位别有用心的小诗人在报上发挥说,我欲"北伐",结果"盘峰落马"又"兵败母校"。他不知道那是我诗歌生涯的辉煌之夜——除了我,没有人会有这样的效果。母校,我从来就没想着也永远不会德高望众地归来!

风格善变的诗人要么天生具有戏子的品格（诗歌创作中最要命的一种"品格"），要么就是彻底的不成熟。庞德所说的"日日新"要慎解。

我似乎被公认为一个不讲技术的诗人。这真是一件让我经常暗中偷乐的事情，就让他们坚持这么认为好了！就让他们永远这么认为好了！我当然不会告诉任何一个人我是怎么在语感上做文章而让他们读来是如此舒服的，也不会说我进入一首诗的角度为什么这么与众不同，更不会写类似文章。我的技术不留痕迹，花招使在你看不见的地方，在这一点上我确实有点得意洋洋。

怎样鉴定一个诗人的"段位"？我分以下几个步骤进行：（1）看其代表作3首；（2）过了第一关的诗人我会去看他的一部诗集；（3）过了第二关的诗人我会去看他的所有诗集。如此下来，他属几段就一目了然。顺带说明，我也是这么鉴定并要求自己的。

语言的似是而非和感觉的移位（或错位）会造成一种发飘的诗意，我要求（要求自己的每首诗）的是完全事实的诗意。在这一点上，我一点都不像个诗人，而像一名工程师。

诗是四两拨千斤的事，有人理解反了还振振有辞。

有时候我会用看惯经典的目光来审视自己的作品（像看别人的诗），这样做的结果往往使我陷于一种不安的情绪中，幸亏我还清醒。在这种时刻心安理得的人真的是已经写出或者接近了经典吗？NO！那不过是仿写所带来的心安理得。我的态度是，永远保持在经典面前的惴惴不安（老子对不住您了），然后继续向前去创造经典。经典产生的起点是反经典，这是写作于我最重要的知识。

"大师"如果只是写作水平的标志谁又不想接受它呢？而一旦"大师"被赋予某种意义，那就变成了一种十分可憎的东西——比如，所谓"大师"好象一定得是传统中人，他有一个"集大成者"的存在模式。照此理解，"大师"便成了一个坐收渔利的投机分子，运筹帷幄，城府颇深，十分可疑，他等着那些"先锋"去探索去实验，等待他们失败、牺牲也等待他们的成果，然后由他来"综合"、"整合"、"集大成"——天下有这样的好事么？天下有这样的大师么？这完全是读者层面对所谓"大师"的理解（却发生在诗人和研究者中间），我拒绝也唾弃这样的"大师"。真正的大师在他的现在进行时，必须是"先锋"，他"集"自己探索实验的"大成"，后人看时才成为传统。在对大师的理解的误区中，我们总是把腐朽的东西指认为大师之作，据此，我只能这样告诉自己：拒做"大师"，永远"先锋"。

出诗集是一件挺残酷的事情。我不是指它在今天基本已成为自费运作的形式——诗人们抽自己物质的血输给精神的局面。我指的是它那永恒的残酷性，当集子出版，你这一阶段的写作就被宣判了，被宣判的是岁月，是你永不再来的一段生命。

纸老虎是人糊的。诗歌领域的纸老虎尤其如此，有多少傻子中庸得道，鸡犬升天。

做一名伟大的诗人——不！还是做一名杰出的诗人吧！

台湾诗歌界有一点小小的得意洋洋，他们为大陆诗歌界至今仍习惯把"诗"称作"诗歌"而得意洋洋。我劝他们不要那么得意洋洋。当年，他们去掉一个"歌"字而把"诗歌"直指为"诗"（他们爱说"现代诗"）之时。其实是并未意识到"歌"在"诗"中的意味与作用，他们简单地以为"歌是歌，诗是诗"，也并未意识到声音（而不是词语）才是语言的本质。这就是为什么台湾诗人一般语感较差，词语堆积的毛病比较普遍的原因。

当一位也算"资深"但并不老的诗人，无知还要谈"后现代"，五次三番用"打油诗"作为他自以为有力的指认时，我觉得他已丧失了与我平等对话的权力。

"嬉笑怒骂,皆成文章。"——难道诗歌可以除外吗? 凭什么?

艾伦·金斯堡读不懂北岛的诗(主要指后期的);北岛也读不懂老艾伦的诗(亦指后期);昨晚与于坚通话,于坚说近期他收到了大量的诗歌民刊,上面绝大部分的东西他都看不懂……当一位真正的诗人进入到阅读时,他最先表现出的品质就是诚实。

与过去一块写诗的老朋友聊诗,发现越来越难以进入细节,他们已经丧失了对细节的耐心,我真是失望至极! 他们如今更热衷于一个既名诗人的牛 B 感,而我只是一个愿意与他们在细节上谈诗的人——我觉得我也够牛 B 的。

发现朋友人性中的弱点与缺陷,有点尴尬。我祈求上苍保佑不要让这一切伤害到他们的诗,因为我知道他们已经放弃了争做一个挺棒的人但还没有放弃对一个好诗人的幻想——写了好多年,人本与文本间的关系不容置疑。

读一位女诗人印制漂亮的诗集。从独白到独白,让我觉出了单调也感受到疲劳,谁说普拉斯已被还给了美国? 独白只是方式的一种,但在许多诗人(尤其是女诗人)那里它变成了方式的全部。所有的东西能被写出来肯定已被"我"感知到,但不必事事都要回到"我"心里才能得以表现。独白,主观而自恋,难怪女人们喜欢……

读一个诗人的诗,一方面对他的文本有期待,另一方面我想看到他文本背后的生活,后一种愿望近期愈加强烈,我反过来提醒自己的诗。

如何在诗中用力? 让力化为气,灌注在你的诗中。反过来,读者会从你的诗中读到一股气,充满着力。

有人以为口语诗很简单,提起笔来就能写,还说出什么一晚上能写多少首之类的鸟话。我所看到的事实是:正是那些在观念上反对口语诗的人在用他们的偶作败坏着口语诗。语言上毫无语感,回到日常却回不到现场,性情干瘪,了无生趣——所有口语诗的要素皆不具备,像一群大舌头的人。

"口语不是口水"——这话已在局部流行,说起来我是这话的一个发明者。现在我想修正这句话:口语不是口水,但要伴随口水,让语言保持现场的湿度,让飞沫四溅成为语言状态的一部分。

从语感到口气。从前口语到后口语。从第三代到我。

说话比写作自由。通过写作达到的"说话",使自由有了明确的方向———个面朝写作的方向。

结石往往是缺乏运动造成的。这是来自身体的经验。汉语是容易结石和充满结石的语言,高度词语化和高度文人化的语言,正是因为长期以来缺乏作为本质的声音的流动造成的。从词语到词语相较于从音节到音节,不是你的特殊性,是成堆的文人把你变成了一种异化的语言——堆积的词语,于现代诗而言是二流语言。没出息者将继续在这个层次上玩。对母语有抱负的诗人将改造它,将其从词语的采石场中拉出来,恢复其流水一样的声音的本质。

因为在语言上获得了某种天赋,我对母语是负有天命的——就算中国的文化和中国的文人把我涂抹成王八蛋,那我就在一个王八蛋的形象上去履行我的天命。

写诗用减法,写小说用加法。

在诗中减力,运气。

真正的诗就是要激怒知识分子——这话我说的,于2000年的中国。

如果拿一个人的身体作比,中国诗歌的重心太高了,像一个踩高跷的人。所以,我由衷地赞成降低重心的下半身写作。

毕加索的临终遗言是:"绘画有待被发明"。太牛B了!他到死前还在想与其专业有关的具体的东西,因此我知道他的一生在想什么了,因此我知道我的一生该想什么了——诗歌有待被发明。

声音干净。一个歌手在评价另一歌手时说。更早时我曾用同样的话来评价某人的诗。

在北京的饭局上,李亚伟对几个"知识分子"诗人说:"你们是学而知之,我是生而知之。"于坚听说这一情节后发挥说:"诗,就是生而知之。"我佩服亚伟的生命直觉和于坚的理论敏感,好诗人绝不是糊里糊涂就给蒙出来的。

当一个诗人变得只对女人保有激情时,他最后的那点激情也不会生效。

有人说到"历史",我以为对一名写作者来说有两种"历史"可言(表明着两种不同的历史观):自己写的和被人写的。对前者我从不轻言放弃,而且已经做得很好。

为什么我会被模仿得最多?我听到了太多来自别人的荒谬回答与无知猜度,也想就此谈谈自己的看法:我的一些前辈在口语诗上的贡献更多体现为填补空白、健全品种,我在此方面的贡献则更多体现在对其表达功能的进一步开发上——更多的门、内部的门被打开了,愈加开放的形式使写作者感到了前所未有的表达方便。诱惑与魅力便由此构成:是我的形式唤起了你的表达欲。

有人注意到我近年诗作的"沉重"——那更多属于情感和内容的范畴;但似乎没有人注意到我已愈加"轻灵"了——总是这样:语言和形式上的变化似乎无人在意。

就算你是从身体出发的,那就往前走,一直走下去,走到语言的深处去——其内部的万端奥秘正在等着你!走不下去的人,徒有赤裸之身,或返身投靠文化。

如何成为文坛领袖?有人已经做出了表率——你一定要学会鼓励弱者,并给弱者提供更多的保护,因为弱者从来都是大多数,是你做为"领导"必不可少的群众基础。

如何成为诗坛大师？也有人已经做出了表率——你一定要学会拒绝来访者，推三阻四而非真的不见，你要让他们觉得很难。即使是已经答应的赴会，你也一定不要准时到场。话要少说，出语方可惊人，面对来访者，你一定不要做出亲切状，哪怕这是有违本性的——一定要绷住，一定要记住：吃这一套的人是大多数，所谓"大师"必是贱人成全的。

有人直言：我的诗歌有道理。我想对他说的是：你诗歌最大的问题就是道道太多，弯弯太少。一首真正的好诗的完成过程，应该是一次目的地明确却又不断出轨的旅行。

一位相熟的评论家好心地奉劝我说："你不要动辄就和人吵，不要轻易卷入文坛的争斗，安下心写点大东西出来吧！"我先不管他所谓"大东西"是不是我想追求的那一种，或者不论我最终要不要写所谓"大东西"，要写的话也该是怎样的"大东西"？当时我只是对他说："就让我积攒一点恨吧，就如同积攒一点爱，我们的生活太平淡了，我想让写作因此而受惠。"——这是一个简单得不能再简单的文学常识，但从他的表情反应上看，他未必真的听懂了。就如同我在两年前的龙脉诗会上发言说："我就是天生地仇恨知识分子，就像两种不同的动物，在森林中相遇彼此一闻气味不对所激起的那种仇恨，我珍惜这种仇恨！"从此连对我有过知遇之恩的某些好人也开始躲我了。

因为有自我命名的"下半身写作"，所以一位资深诗人在与我交谈时，把一位吃斋念佛禁欲的青年诗人的写作称为"上半身写作"——当时我哈哈大笑，我以为有趣的地方在于他们各自存在的问题正可以互相说明，互为注解。

在知识分子小诗人们感叹"天知道我已经掌握了多少技巧"时，

杨黎说:"技巧是一种偶然。"我想说的是:真正的好诗永远都在技巧后发生,只有业余水平的文学青年才把技巧当作"十八般武艺"来看待。

如果一定要用"重量"来谈论写作者之于写作,我想说那"重量"只能够来自写作者的灵魂——而关键在于什么是灵魂?灵魂,体内的大鸡巴!所以,外在的宫刑也挡不住司马迁!

有些写作写得再好也如戴着保险套做爱,它们的好仅仅意味着那套子是超薄的、透气的,有棱有刺,上面还有着美丽的图案。

早年我确曾说过"不为读者写作"这样的话,但在意识深处还是私自保留了这样一个愿望——"为明眼人写作"。但最好有着这样的一个前提:我不知他(或她)是谁,在什么地方,而且永远也不打算结识他(她)。

他在我诗中发现了"思想"就赶紧给我一个建议:改行吧,去做思想家!我在忽然有了一口唾在他脸上的冲动时,也意识到:我需要唾上不止一口!有此理念的人真是太多了,包括绝大多数"优秀诗人",中国式的"纯诗"理念真是深入孱弱者的人心!

何以解忧,惟有写作。

"诗可以,人不行"——说出此话真是需要一点傻大胆,我只是想说:这种通行于网际的无可辩驳的批评方式(来自一种可恶的思维定式)已经愚蠢到不值一驳。

我开玩笑说有两句话可以概括一代人的成长:"我们曾经被吓破了胆"、"我们为所欲为的时候到了"。我不属于那一代人,但也可以借此蠢话反思一下:早年面对前人作品的虔敬没有让我感到一丝一毫的害怕,"彼可取而代之";今天或者将来的任何时候,我都不敢认为我可以为所欲为——在艺术面前,你必须认识到:你可以做的相当有限。

有时候，真实客观成了想像力匮乏者的通行证。而那种一提"想像力"就要和古代神话搁在一起谈的主儿，我也十分讨厌，什么"屈原一跳江，中国诗人的想像力就没了"云云。

一个人和我谈起"诗歌的灵性"，我知道这样的"交流"其实不必进行下去：我之"灵性"指的是撬起货物的杠杆；他之"灵性"指的是货物上的商标。

近来我总是面对一种极为庸俗的批评模式：你的前期好还是你的后期好，他们似乎更乐于说：还是你的前期好——这其实是针对他们自己的"越来越好"的期盼（对别人则反之）完全是出自一种学徒心理。面对这个业余气味浓重的坛子，中国的诗歌读者和批评家还没有做好这样的思想准备：才子必然早夭的真相是——他业余；一个不算太笨的人做好了所有的职业准备后他就可以一直好下去——我正是。

我在写《唐》，有人又在对我说不要和人斗嘴安下心来写之类的话了。我知道在我居住的城市里，那几个鼎鼎大名的农民小说家在写作一部长篇时的通常做法是躲到山里去，就此切断与外界的所有联系，也许他们是对的。但对我来说，难道一部开放的作品也需要这样一种封闭的环境？我说我就是要让我的《唐》灌满我个人现实的风！我写着，但首先是：我活着！

在李白的诗中，我读到了他的狐臭，一个杂种的明证。

"新世代"的《诗参考》

那大概是 1990 年 3 月的一天,我在西安外语学院的公用停车场等车,准备去办一件公事。天空下着小雨,我无目的地朝着前面的一个方向看,看着看着就看见瘦小的中岛头发湿漉漉地出现在雨中,这人总这么神,他的出场方式似乎就该如此。那次中岛离开家乡出来溜达的原因我至今也没搞清楚,可能他说过,但我忘了。总之他来了,一住就是小半年。我后来再没问起过那小半年对中岛本人来说究竟意味着什么:一场在当时当刻还算美好的恋爱? 在西安大学生中展开的一系列诗歌活动? 几乎每日都写相当多产的创作? 他在西安孕育了《诗参考》的诞生? 我不知道哪件事对他来说最为重要,但我想他肯定不愿否认其中的任何一件。因为在每件事里他都搭进了自己青春的热情。那年他 27 岁。

当时在西安有个叫"蓝鸟"的"诗歌活动家",有次他跟我谈起一个想法,说想办一份名叫《诗歌参考》的地下诗报,他的灵感来自于《参考消息》,他说就办成《参考消息》那个样子,有"内参"的意思。我觉得他的创意非常不错,就说把"歌"字去掉,叫《诗参考》。他也说好。但这个蓝鸟永远属于有创意而无行动的人。当时我也是无意识地把这件事给中岛说了,可说者无心但听者有意。那年 11 月的一天晚上,中岛的女朋友小 Z 敲开了我的房门,怀抱厚厚的一摞报纸,她说已离开西安四个月的中岛回来了,他让她先来送报,他因办事随后就到。我翻开那摞报纸，发现在报头的位置赫然写着三个红字：诗参考。那红字有点太红了，一点都不符合我的想像，但我已来不及遗憾了，我完全陷于巨大的惊喜之中。此前此后，我所了解的中岛始终是一个行动主义者，他身上几乎是与生俱来的行动精神与行动能力是我们那代人所普遍缺乏的。那天晚上我们喝了酒，在我们常去的师大餐厅，除了我们俩还有南嫫和我同宿舍的一个人，那天晚上我竟然喝醉了，半夜酒醒了起来写了首诗。那一醉是为《诗参考》的诞生而醉吧，说句非酒鬼的庸俗话：是值得的。

做我小辑的那一次中岛也来了西安，本来那个小辑是为西安《创世纪》杂志做的，终审时未通过，一堆退稿在我手里，中岛就决定搬到《诗参考》上做。那是我惟一一次参与《诗参考》的选稿，此前我只是在信中向他推荐一部分名单。在我的小屋里我们俩埋头静静看稿的情景真是如在昨天。事后令我高兴的是：那一期成了《诗参考》历史上的一个转折点。大概在民间诗报刊中第一个动用专业美编来设计版面的正是《诗参考》，在硬件方面中岛历来是敢为人先的。

以上便是我和《诗参考》的关系中亲身经历和亲眼目击的部分。我要说我有幸目击了它的诞生和一次极为重要的转折也说明了我和它的缘分。身为作者我和它的关系是从始至今的。也曾有家诗报在那个时期给过我非常关键的推助（是《饿死诗人》的首发者），后来因为其主编听从了其他个别作者妒意十足的意见而抛弃了我，那是我想留都留不住的缘分啊！所以我说我和《诗参考》是有缘的，正像我和《一行》的缘分一样。作为一个在十年创作的展示方面始终受惠与蒙恩于它的人，我是否可以说出它的意义？如果不合适，我就不从意义上谈。

无私者无耻

在 1993 年以前，地下诗报刊如果能够拉出一份像样的名单并能按名单把诗约来，它就能在民刊的汪洋大海中浮出水面。那一时期的《诗参考》就是这么做的。而什么叫"像样的名单"呢？指的是朦胧诗的幸存者和仍在写作的第三代诗人，就是说你只要具备中国现代诗的基本立场和品质就足已显出你的优秀。这样的优秀者在当时也不是很多。所以说《诗参考》的大方向在一开始就确立了。但又不满足于此。从 1993 年开始，《诗参考》更为引人瞩目和叫人兴奋的地方是它不断推出的新人，自我那期之后有侯马、徐江、宋小贤、余怒等均以小辑或头条的面目在《诗参考》中出现过。所谓"新人"是针对 80 年代已成名的第三代诗人的带有自谦意味的称谓，其实他们从写作的数量上，从连续写作的时间上，个人风格的完整性和成熟度上以及对于中国现代诗发展的先锋性上都全面超过了第三代诗人，他们之所以长时间的被当作"新人"对待，是因为再没有一次"两报大展"这样一夜成名的机遇在等着他们，再加上 90 年代以来那零度以下的诗歌环境已经陡然加大了一位诗人的成长难度——对其中的优秀者来说仅仅是成名难度。正因如此，《诗参考》的作用才殊为重要。第三代的中年人以为，等他们熬成"大师"或以别的手段把自己包装成"大师"（比如说"知识分子写作"和"中年写作"），中国的诗歌就发展了，哪有这样的事？！每个年代都有每个年代的年轻人，每个年代都有每个年代的诗歌生力军，不论从艺术的发展还是时代的发展这都是不可违抗的。真正建树了 90 年代诗歌的这一代青年未能获得一个完整的命名，这是理论界的悲哀而不是他们自己的，而对其中的优秀者来说这无所谓，李白就叫李白，杜甫就叫杜甫。重要的是他们是否写出了无愧于时代也无愧于历史的优秀之作。我为这代诗人面对作品所表现出的专注而自豪，因为我也身在其中。作为一本刊物（1998年由报改刊），同样表现出了一种面对作品的专注，它的精神形象与这代人十分吻合，它的十年历程与这代人的成长保持同步。在这一代人充分表现的十年结束的时候，我想替那些总是滞后永远滞后毫无原创命名力的理论家做一个迟到的命名，我把作为当代诗坛生力军存在的这一代人命名为"新世代"，物理的时间给了他们跨越世纪的机遇，他们自身创作所处的继续向前的良好态势也给了他们跨越中国诗歌新旧世纪的机遇，这样的机遇千载难逢。做出如上命名的初衷也许仅仅只是为了防患因为无知和无能所带了的对这一代人的忽略和漠视。当老朦胧和第三代（含"知识分子写作"）中的大多数已在吃他们那点可怜的圈子名声的时候，当刚刚迈出海子与"知识分子写作"的双重阴影才写了两天先锋诗的所谓"70后"借助两个写小说的小丫头所带来的商业炒作热潮莫名其妙地甚嚣尘上的时候，这种由来已久的忽略和漠视开始变得明目张胆。在此我想说出我眼中的《诗参考》是属于这一代人的，《诗参考》是"新世代"的《诗参考》。就像《今天》与朦胧诗的关系，就像《他们》、《非非》与第三代的关系，《诗参考》是"新世代"的灵魂刊物。正如中岛所说"《诗参考》不是哪一派的刊物，《诗参考》也不是同仁刊物"，它是一代人诗歌精神和诗歌艺术的重要见证。

而对它的创办者和主编的中岛来说，真是十年辛苦不寻常，除了偶尔遇到的一点赞助，都是由他独资承办。中岛多年漂泊其实并不富裕。当它还是一张报纸的时候，就在《亚细亚诗报》的读者评选中当选为90年代十大民刊之首，今天它已被洪子诚教授写进了他的《当代文学史》。一位老哥善意地对中岛说："你够本了！"中岛淡然一笑，又开始盘算起它的下一期。中岛私下对我说，他会永远将《诗参考》办下去，他在《诗参考》就在，就算周围的朋友都跑光了，他就和他的《诗参考》在一起。这话听来有些悲壮，我相信这个行动主义者所说的。而我对我自己，对"新世代"的兄弟们想说的是：拿出我们不断前行不断超越的心血力作，给《诗参考》，也为历史给予这代人的暧昧与含混做一次彻底回报与清算性的证明！

《唐》：一个梦想的诞生

这是多年以前的一个梦想。八年前蒋涛已为一家公司做好了一份计划，那家公司甚至也已通过了这个计划，可就在这时那家公司的这项投资被人撤走了，撤走投资的是老板的母亲，她嫌自己二十岁的儿子投资文化太多，"净玩虚的"。当时组约的稿件有一小部分还留在我的抽屉里，翻着它们我也是感慨良多。

实现一个梦想需要八年的时间吗？好在我没有在等待中虚度这八年。八年前及其前后大约五年左右的时间，我身边也曾有过一拨年轻人。都是当时在西安就读的大学生和个别年龄相仿的社会青年，他们创办了《倾斜》并坚持了四期。他们那拨人中有几个天份和资质相当不错的，为诗歌写作所做的准备也很充分，像楼建瓴、一边、逸子等，后来他们中也出了方兴东这样的"社会名流"，但在诗人中只出了一个马非让我长久地遗憾。回头看他们当时的成长环境真是太恶劣了，那时候是"海子热"，是"麦地狂潮"，是不写麦子就不是诗的年代。而且当时铁板一块的诗坛几乎没给他们任何可以揭竿而起的机会。说起他们，我总感觉那份没有如期出世的《唐》欠了他们什么，对于他们，当时我能做并且做了的都太少了。

如今《唐》终于来了，八年不出，它漏掉了可能成为的一代人，所以在它真的诞生的时刻，我的心情并不轻松。好像是在一夜之间，那一夜是在奔赴衡山的南下列车上，我和黄海、土马这两位与我共赴"武林大会"的青年诗人海阔天空地聊诗,主编《七十年代》多年的黄海谈及他有将《七十年代》由报变书的打算,我说《七十年代》名字不好而且意义不大,他问我叫什么好,我随口而出:《唐》。我还谈到当年的梦想和计划,黄海和土马显得很激动,这是我没有料到的。这一趟,黄海从衡山就开始了为《唐》约稿。回到西安之后,我约黄海、土马、秦巴子、朱剑吃了一顿饭,饭桌上大家都在说《唐》的事,这也成了《唐》的第一次工作会议,大家就《唐》的编辑方针和形象定位做了最后讨论,编委会也在这五人的基础上应运而生。两个"老家伙",三位"70后",这样的人员组合将最大限度地发挥必要的稳重和更多的活力。《唐》,指日可待。

当年筹办《唐》时,逸子曾向于坚约稿,于坚在回信中说了一段话,大意如是:做一本叫作《唐》的刊物,要么是一群真正的理想主义者,要么就是一群疯子。我想今天还在写诗的人都是广义的也是真正的理想主义者,这没什么可说的,有意思的是他关于"疯子"的话,我想这是因为一贯倡导"拒绝隐喻"的于坚却把《唐》读成了隐喻,一个大隐喻。正确的读法是中岛在衡山之巅的读法,他反复念叨着:"唐,唐,唐,唐。"然后说:"好听!"《唐》不是一帮古典主义遗老遗少的聚集地,也和中国历史上曾经出现过的那个朝代无关,如果说这个字在汉语的语境中尤其在诗人的嘴里有力量,那是一个距今遥远的诗歌盛世所带来的余韵——这点余韵是我可以接受的最后限度。但我最大的希望在于你只是感觉到它在声音上的好听。还有人问过我:它是否脱胎于棉棉的畅销小说《糖》?这令我哭笑不得。看来,对《唐》"拒绝隐喻"的解释真不算废话。

与此同时我也必须声明:《唐》不是一本地域性的刊物。在它诞生的地方,也和其它省份一样,真正的诗人都和本省的正统文学处于一刀两断的关系,该省文学以"农民小说"称著的更为明显的传统性,使如上所述的断裂关系显得更加直接和刺目。秦巴子近期有新的名言:"我和伊沙不是陕西诗人,我们是侨居陕西的中国诗人。"我从他的话里听出了一丝抱怨,我以为连抱怨都是多余的,因此而抱怨是对我们自身的侮辱!

同时,《唐》也不是一份同仁刊物,至少在艺术上它不是。这并非刻意而为,这是强求不得的事。在"第三代诗歌运动"之后,所有自命的流派以及诗歌写作的小集体都无法摆脱形象的滑稽和处境的尴尬。确实,在已经逝去的上世纪的 90 年代,"个人写作"是诗人们最大的共识,哪怕有一部分人是口是心非的把它当成了策略。回到个人,所有在《唐》上亮相的诗人都应坚持个人的身份并坚守个人的立场。没有《唐》的诗风,也没有《唐》的诗人。

开阔,但不是没有方向——它将永远保持常识中的中国现代诗继续前进的方向;自由,但不是没有立场——在先锋大旗下的形式多样的探索实验是它最为基本的立场;包容,但不意味着中庸——那种诗坛议会式的为各种势力的代表安排席位的方式必须杜绝;严肃,但不意味着刻板——我们将在作品本身的生命力上来寻求一本诗刊的可读性。

从作品到作品——十年后你会发现这里是名篇荟萃佳作纷呈;外带少量(也只可能是少量)富于创见的文论,具有诗学意义的访谈录和具有诗史价值的回忆录。这是八年来我梦想中的和马上就要摆在大家面前的《唐》。

见证:沈浩波的历程

1

大概是 1998 年上半年吧,我在学校传达室接到一封寄自母校北师大的来信,写信人是一个名叫"沈浩波"的正在就读于母校中文系的大三学生,他除了在信封里夹寄了两份由他参与创办的《五四文学报》外,还在这封长达数页的信中将中国的新诗史按照他的理解"捋"了一遍,我很快写了回信——现在可以回头试想一下:我当时会不会不回他的信? 回答是否定的,他来自我深怀感情的母校是一方面,而更主要的是:这"孩子"在信中的字里行间所表现出的才气、素质和禀赋是明摆着的,我当不会拒绝。

在我看来,这位年纪小我整整十岁的"同门师弟"在其长信中所勾勒出的"中国新诗史"的这份"论纲"是相当准确和有水平的——我也能够看出:这其中有我的母校母系(我至今还对它珍藏着"中国大学中最好的中文系"的美好印象)教育的结果,也有他个人的消化和理解。我已经忘记了在当时给他的回信中是否谈及了我对他信中所谈内容心存的两点异议:一是把欧阳江河说得太神了,抬得太高了;二是在谈到我的诗时用的还是当时评论界惯用的那些俗词:"另类"什么的。从《五四文学报》等处看到:他那一段署名为"仇水"发表的诗歌中也有明显受到欧阳江河影响的外在浅表特征,后来真正认识之后,他更是向我坦承:他是从读汪国真开始写诗的。他可能到现在还不知道:我是多么欣赏他的诚实!因为这种诚实表现的是一份大气!我就有过一大纳闷:汪国真当年数以百万计(保守估计)的青少年读者和今天诗歌网上动辄以"你是汪国真"来攻击他人诗作的虫子们到底有无关系?是何关系?对此我深表怀疑。另外,我也曾有过类似的经历:大学毕业后头两年里我与"知识分子诗人"西川因稿事通过两封信,在信中我曾向这位仁兄坦承:我少年时代曾受到过舒婷、傅天琳的影响。数年过去,到了上世纪末的"盘峰论争"时,这个西川在他那篇将"民间"诬为"黑社会"的文章中用"有信为证"的口气"揭发"我:曾受过傅天琳的影响。在他看来,这很可笑么?好像是什么罪证似的?他以为将之公布出来就可以打击我——这怎么可能?!我在我的一篇自述中曾经这样回应道:"将一个人生命中的一段真实经历写出来就可以打击了这个人?!对我来说这是随时可以写出来也正准备写出来的东西(只不过对非诗类的文字我宁愿等待时机),西川替我先把它说出来也很好。但我太熟悉西川这类'知识分子'的趣味和心理了,所以我在《究竟谁疯了》一文中对这位深受李白、惠特曼、聂鲁达、庞德、博尔赫斯交叉影响的北京诗人做了毫不留情的反击。师傅牛 B 我牛 B——他们真的相信这种逻辑,傻 B!"——按照此种傻 B 逻辑,我现在告诉大家:沈浩波最初开始诗歌写作还能和汪国真扯上一点关系,就是一种至为有力的"揭露"了么?!而且"无信为证",小沈当面说过的话他完全可以不承认的,有没有第三者在场可以作为"证人"?我早就搞忘了。

　　一个从读汪国真开始写作,也曾向欧阳江河暗自偷偷学艺的京城"校园诗人"——我愿意遵照印象中的真实来描述沈浩波的起点。在以享有某种阅读特权的"中高干子弟"为发轫特征的中国大陆现

139

代诗的"传统"面前(与此相应的:享有聆听特权的"文工团子弟"是摇滚音乐的发轫特征),我特别愿意说出我们文学出身的卑贱(我在喜欢傅天琳之前还曾喜欢过雷抒雁呐!),怀着一种真正的光荣! 幸好,我们共同的母校北师大也正好是那种不会给它的学生以任何虚妄的集体优越感但在提供的教育质量上却有过之而无不及的学校,所谓"师大师大,人民养大"的与身俱来的平民性,这就使我们和那些老是要把自个儿的写作和一所学校联系起来的人有了本质上的差异——而这是十分重要的。

在错过了1998年暑假的一次见面机会之后,我和小沈在1999年初的北京相见,站在我面前的他是一副留分头、戴黑边眼镜、围着一条大围巾的平民书生形象,开朗、健谈,很有活力的样子,也暗藏着一丝外人不易察觉的匪气。这时他的谈话内容,与大半年前的信中相比已有了明显的改观,对此我并未感到突兀,因为这半年里他和我一直保持着还算密切的联系,印象深刻的是他在见到侯马以及后来见到徐江之后,都曾兴奋和不无激动地给我打过电话,告诉我他在与两位"师兄"的交谈中所得到的诗学观念上的启迪和收获——也正是在此大半年中,他观念飞跃,诗风急转,开始用口语的方式写诗,虽然还是不无粗糙的,也未得口语诗精妙之处的诸多要领,但却一下子从京城"校园诗人"的普泛趣味与腔调中跳了出来……

在当年最为艰难的日子里,我曾当面对着徐江和侯马感叹过:"我们是没有师兄的人!"——从这一点来说,小沈是幸运的,小沈的幸运正是我们的光荣。

2

以下是我写于2000年底的长文《2000:中国新诗关键词》中"沈

浩波"这一词条下的内容：

　　我第一次见到他的时候他还是就读于北京师范大学的一名大四学生,我第一次见到他的时候不免暗自乐了:其面部特征怎么竟与当年那匹刘黑马酷肖? 怎么会这样? 不是上帝在搞笑吧? 那是1999 年年初,当时他已经发表了针对《岁月的遗照》的《谁在拿90 年代开涮?》一文——历史不该忘记的是:那正是"盘峰论争"前奏序曲的第一声鼓音。伟大的"盘峰论争"最终是由一位中文系的大四男生敲响了它的定音鼓,这真是意味深长。反过来,由这场论争引发的一场伟大的革命也催化了这位青年的成长。这一年的 7 月,他发表了《对于中国诗歌新的增长点的确立》一文,对 90 年代的新诗成果做了最具发现性的总结和极具个人化的表述,在我看来,这是该年度有关中国新诗的最佳论文。8 月,他与朵渔、南人、巫昂、尹丽川、李红旗等青年诗人筹划多时的《下半身》创刊,"下半身"诗歌团体宣告成立,这个团体几乎吸纳了目前"70 年代以后出生诗人群"中所有具有先锋倾向的优秀分子:盛兴、朱剑、马非等,《下半身》的创刊构成了该年诗界最为热闹的话题和最具轰动性的事件,他的《下半身写作及反对上半身》一文是一篇颇为有力的宣言,在 90 年代初期便有人私创禁区的中国新诗的身体写作由此形成理论和一种至关重要的写作原则。也是在 8 月,在诗人吕叶策划于南岳衡山举行的"90 年代汉语诗研究论坛"(这是本年度最具影响和收获的一次诗歌会议)上,他语惊四座的发言出乎了所有人的意料,由"盘峰论争"以来在"民间诗人"那里形成的一种"一致对外"(对付"知识分子"及其拥趸)的批评模式(这导致了另一种庸俗)被他率先打破,他"枪口内转"逐一"点射"了"民间写作"的代表诗人,从于坚、韩东到杨黎、何小竹,从徐江、侯马到朱文、杨键,几乎一个都没放过。在场有俗人称之为"作秀大师的表演",也许我比这等俗人更加了解他每逢场合的作秀欲,但我没有看到有人对他"射"不到"点"的有力反驳。在我看来,他在一个多小时的发言中触及了这些诗人在十年二十年的写作中存留在根子上的问题——那也正是中国新诗在发展中一直存在的深层问题。在"民间诗人"内部力倡的"性感批评",也被他演绎得极其到位。我作为一名现场的目击证人,看到作为他师兄和朋友的徐江、宋晓贤的脸红了,我感到一种真实而健康的批评空气正在升腾,长期笼罩在诗歌批评界的某种庸俗之风正在被年轻一代改变。何小竹称沈浩波为"阳光少年",我以为他恰恰不那么"阳光"而且身藏大恶。很早就听人在酒桌上说:小沈(抑或浩波)是个"人物"。这一年,对广泛的中国诗歌界来说,他真成了一个"人物"——毫无疑问,沈浩波是该年度中国诗坛真正的"风云人物"。从技术上讲,他的名字能够成为我这篇文字的一个词条,是因为他同时也是该年度的"最佳批评家",但我更加看重他作为"人物"的价值并试图为"人物"正名:对"朦胧诗"而言,谢冕先生仅仅是一个批评家和代言人吗?对"第三代诗歌运动"而言,徐敬亚似乎更多体现的也是一个"人物"的价值。已经十四年不出这样的"人物"了。历史的经验表明:当这样的"人物"出现时,中国的新诗就会在热闹的外表下悄然改变很多东西,现在是剃一光头时年 24 岁的"跳梁小丑"沈浩波。

今天重读,以上这段文字还算准确全面地概括了 1999－2000 两年间沈浩波横空出世的风云表现,恐怕连他自己都始料未及的是:他如此之快地出了名,而且这个名出得还真不算小!此名一出,他在遭遇来自外界诸多质疑的同时也必然地陷入到这样一种尴尬之中——那就是:盛名之下,其诗歌文本的成熟与完美其实并未同步抵达。站在我的位置上有可能近距离地看出,以其短短的诗龄来算,与其最初并不算高的起点相比,他在文本内部的进步已算惊人,一切都在正常地与时间相合的生长之中，但问题是在于：既然你是"名诗人"了，同行与读者自会更加挑剔与苛求，除了那些对"这种风格"死抱成见而加以全盘否定者，这也没什么不对的。在此两年中，也许是在"盘峰论争"之后日益健康的世风下，"发掘新人"成为"民间"这个场里的共识，甚至一跃而成为一种媚俗行为。几个"老家伙"都在利用他们掌握的媒体和公开推荐的机会，向诗界宣告他们在"新人"中"发现"的"天才"——我自然也混在其中，利用我在发行量甚大的《文友》杂志主持的《世纪诗典》专栏让更多人从无到有地认识了盛兴、朱剑、轩辕轼轲、张志等等——其中前二人也正是我所认定的"70后新人"中的"天才人物"，也就是说，沈浩波不在我所"圈定"的"天才"的名单之中，以我与他之师兄弟之情，如果再加上一点与诗有关的私心的话：当时连傻子们都能看出沈是我之诗风最直接的秉承者和最有效的弘扬者，我是多么希望他在这个名单里啊！可我能说他"心藏大恶"，因为自己就是这样的人，最好的朋友知道：诗上的事，我是从来不讲情面的……当时，在我看来，盛、朱二人都有十分整齐引人瞩目的一组诗和个别从"文本"上说几近完美无可挑剔的"代表作"，这个时期的沈浩波反倒是没有的。不知为什么，素质全面、思路清楚、感觉对路、激情有余、灵感多多、精力无穷的沈浩波总是在这小小"文本"的最后一层窗纸面前莫名其妙地停下来，就是不去捅破，有时一捅又捅偏了，看得我替他着急……

3

2001年，沈浩波其人继续"风云"着，1月份，他是发生在网上的"沈韩之争"的主角之一；5月份，还是在网上，与我争吵随即交恶。此后我与之有整整一年的"冷战期"，但在此一年之中，他发布于网上或发表于纸刊上的新作,我却继续在读,而且读得很细,一首也不放过——这不是说我这人有多宽容多高尚,相反倒是出自我的"促狭"与"阴毒":"敌人"(哪怕是自己无端生造出来的"假想敌")的诗我往往会更为关注:仔细查查有没有针对于我的"攻击之词",再以诗做出回应,哈哈!这也是为自己的写作收集灵感的一种好方法,并且多次得逞,情绪上是较劲的——以诗较劲,或许是更大的健康……这段时期我确实也不无"幸灾乐祸"地发现:沈浩波的写作陷入到"先锋到死"、"一路狂奔"的"迷乱"和"癫狂"之中,他在对其一贯力主的"狠"与"酷"——对所谓"畜生级男人"的一味片面而孤立的追求中变得神智时常不清,常犯低级错误,比如说,一种"风月无边"的状态常被他符号化地用来表现他所提倡和张扬的一个男人的身体性与生命力,但却在释放之后立马对妓女们虚伪的生存伎俩实施人性深处的揭露与批判,这种批判是相当知识分子化的……在我看来,这绝对不是什么"先锋",只不过是古代"文人雅士"业余癖好的一种"复辟"而已!还加进了现代知识分子的庸俗!在批判"小朋克"、"小资女人"(这我十分赞同)的同时,却流露出与批判对象基本相似的对诸如"酒吧"、"乐队"、"摇头丸"之类的时尚符号的浓厚趣味出来,还时不时不无炫耀地表现一下中国式中产阶级的价值观……这段时期,不光是他本人,还有其他几位"下半身"诗人的写作都携带着这种极其危险的倾向,由此带动的网上那一味向"下"的风潮则更加庸俗乃至恶俗不堪,而在表面上,沈浩波已身处"振臂一呼,应者云集"的环境中,"先锋"在一夜之间已和多数人站在一起……我以为:"先锋"与时尚合流的现象一但发生,这"先锋"就肯定只剩下一具空洞的符号了,其精神内涵肯定已在暗中变质——因为"先锋"只有不断地站到时尚或主流的反面和对立面去,才能够确保其本质的存在,正所谓从"批判"过渡到"批判的批判"。有文为证,

"下半身"创建伊始，我就是它坚定不移的支持者，也为它在新世纪之初于中国诗歌向前发展的进程中所发挥的革命性作用欢呼过，可在"下半身"之后，我眼见着小沈的腿脚慢了，似乎丧失了二次革命的意识……其"文本"的完善也无法令人满意，他所固有的"传输观念"的痕迹还是过重，比前两年相比也有增无减，而这"观念"已不具有太多的革命性。

我从来都认为沈浩波是这一代人中最有诗歌素养和见地也最有雄心抱负的一个人，但我从来都不认为他已写出了这代人中最好的诗歌文本，因为他在细微之处见出的才华总是无法跟他不错的意图和意识同步抵达。

以上这段话是我写于 2002 年 7 月《一份可供阅读的写作提纲——中国现代诗 1968－2002》一文中对沈浩波所做的评语，尽管在当时在网上发布时曾得到他本人"杰作早已写出"的异议或抗议，但我还是坚持己见，直到今天。

4

2002 年 8 月下旬，我和于坚、尹丽川受邀赴瑞典参加奈舍国际诗歌节，沈浩波、符马活在北京为我等饯行，席间，小沈当众为我们朗诵了一首他刚刚写完的壮行诗——在我的记忆中，这是他所写出的最后的一首"臭诗"（我曾说过："在通往牛 B 的道路上一路狂奔"是他最著名也是最"臭"的一行诗）。

从那以后这将近一年半的时间里，他似乎穿起了一件紧身衣，再也不将把柄示人，再也不轻易露出破绽任由挑剔的同行乱抓了，忽然变得量大（他一贯都大）而整齐（这可不是一贯的），在网上作品全贴的前提之下，好诗的比例惊人的高！而且内容趋于丰富，手法不再单一，更重要的是：以前他所尝试过的几个方面已经自然地"合流"，构成一个和谐的整体……这年年底（12月），我已在和女诗人赵丽华的对话中发出如下感慨：

"70后"成名诗人马非、沈浩波百炼成钢，颇有意味的是这两条"汉子"都曾被我在不同时期认做是"笨人"，为什么我看到了"汉子"气壮而"才子"气短的现象？

而这在当时仅仅是面对小沈四个月来的作品所说出的！

我只在对方主动承认并且不掩饰自豪感的前提下，才敢说我曾做过谁的"师傅"或谁曾做过我的"徒弟"，如此说来，年长沈浩波5岁的马非该算是我的"老徒弟"了，我记得那是1991年的一个晚上，当时在陕师大中文系读三年级的他被另一位校园诗人领到我的小屋来，我为他们朗诵我刚刚写出的新作，王绍玉同学（"马非"是后来我给他取的笔名，就是"吗啡"的意思）当即提出异议并讥讽我说："你干脆把梅花写成梅毒算了！"——正是产生于此话的灵感，让我写了《梅花：一首失败的抒情诗》。而大大出乎我意料的是：马非走出我的屋子，却也诗风大转，他回到宿舍，自己将原先那个校园抒情诗人杀死了。1993年他大学毕业，带着一批凶猛粗糙的诗回到青海之后，周遭环境的冷遇可想而知，用他自己的话说就是："到处都是昌耀的孝子贤孙！"他在孤独之中与酒为伴，常在大醉之后给我打电话倾诉苦闷和烦恼，记得我曾提醒并警告过他：酒精对于智力和反应（都是我们这路"智性之诗"所强调的）的杀伤作用。一位曾经的朋友曾目睹过当年的马非在西宁的酒桌当众朗诵完他的新作后所遭遇的尴尬……我曾担心他在孤独中完蛋，他却在寂寞中缓慢成熟，1999年初在北京，他还受到众人"太像伊沙"的诘问，他的回答让当时在场的我心头猛然一热！他说："伊沙是我的传统，你们的传统是屈原，我的传统就是伊沙！"——那么现在呢？他还像我吗？我怎

么就在他的诗里找不到一点我的痕迹呢？世界上很多事都是貌似
"荒诞"的，马非是一"粗人"（居于西北高原的东北汉子还不"粗"
么），最终却掌握着一套至少是"70后诗人"中最细腻精致考究的
"语感"方式；马非是一"笨人"（他无酒语拙有酒结巴的样子确实显
得很"笨"），却写思路诡异聪明狡滑的诗……

　　与马非之身处寂寞相比，沈浩波面对的是热闹的考验——小子
成名太早太快！某一年连老于（坚）都在电话中感叹："沈浩波现在
已经名满天下了！"某一年，在西安的饭局上，我碰到一个本地出版
社的青年编辑，他因为刚从北京出差回来所以大谈那里的文化圈
子，他说那里出了个"青年领袖"——是我的"师弟"——名叫"沈浩
波"！我之惊讶不在起初而是在接下来再聊几句后，我发现：这哥们
儿压根儿不知道沈的"诗人"身份（自然更没读过他的诗）而只知道
他是"领袖"——北京就是这么一个极其扯淡的鸟地方，一个赤裸裸
明晃晃的名利场，它真能做到"名人不问出处"，只要有那么点名儿，
一切都好办了，吃香喝辣是不愁的。这便是沈浩波身处的周边环
境，也是他面对的最大考验。去冬挚友徐江应邀来做电视节目，他
感念于我日常状态中的沉静与踏实、敬业和勤奋，说："换了别的人，
早被烧死了！"被什么烧死？他没有说，可我知道。我们在网上都见
过这种主儿：初上网时无语贴诗，大气不出，屁不敢放，做出一副被
遮蔽多年的隐者模样，刚在网际间有了些好评，起了点舆论，便自以
为大名已出名扬天下了，顿然换副嘴脸，话也多了，要么急于在现实
的名利场中现身，迅速沦为一大笑话；要么在网上大做轻薄"才子"
状，在"指点江山，激扬文字"中大暴自己的浅陋与无知，诗也迅速有
了自来水的漂白粉味儿……那也真是给烧的！那么一点微火就把
自己烧得原形毕露！对比之下，小沈真算"有种之人"！"汉子一
条"！在现如今这个年月里，在积累了一点资本的人中，热闹喧嚣真

是比孤独寂寞更能够杀死一个人！出名当然不是一件坏事，关键看你是否拿得起又放得下，抢得来又忘得掉，"酒肉穿肠过，佛祖心中留"——在此一点上真可以见出一个人生命乃至灵魂的质量！

5

比方说你起先把自己创造的平台建得过小的话，活儿可能会很快玩得精一些，也容易早熟，但再往前问题也就出现了。从最近的成果看，我比较看好徐江、沈浩波、马非、尹丽川的写作，质地好，底气足，干劲大，这是素质全面、才华开阔、职业精神、生命力强使然。

以上是我在 2003 年 8 月回答青年诗人朱白书面提问时写下的一段话，从中已经能够看出：我试图对创作中"早熟"以及相反的"晚成"现象做出诗内的破解。今年也才 27 岁的沈浩波却是"晚成"的，因为他在 25 岁之前没有人公开说他是个"天才"，考虑到他在我认识他之后的近 6 年来，在诗上所花的心血和功夫比他的同代人更多，我更愿强调其"晚"并加以探究。

可以说，沈浩波是"70 后诗人"中惟——个可以与我对谈理论的人，在北京的饭桌上，其他的"70 后"招架不住躲到一边去了，我们谈。能否与我彻夜谈诗是我深交朋友的一大标志：徐江如此、唐欣如此、于坚如此、韩东如此，小沈很小的时候就如此，6 年前我们初次见面的那一晚，在中岛所居的污水横流的地下室里，我们曾臭脚对臭脚地谈了大半夜，一夜飞越过中国诗歌的大半山河，过去和未来。我欣赏他的学养和素质、抱负、使命感乃至野心——难道我不是个野心勃勃并愿意公然示人以壮声威者吗？唐欣在评论中说我的话亦可以用来说小沈："身体好，管得宽。"但在当时以及后来的几年中我忽略了：一个知晓天下好诗对自己过早地要求过高的青年很可能会对自己的写作带来阶段性的不利，别看这小子外表上出名风光，其实他写得很累，创作的深处有一份恐怕连他自己都意识不到的苦——苦涩的苦！而他身边或远方的"才子"（也含"才女"）们却有一份轻装上阵挥洒性情的青春快乐！他们写得很乐！诚如老唐（欣）所说，我"管得宽"，而且不单是在诗内，今天有谁记得赵剑华？有谁知道羽毛球史上著名的"赵剑华现象"？那是一个天才的禀赋极高的羽毛球运动员，是小沈之江苏老乡，在其当打之年他空有最好的技术却未有最佳的战绩（始终被那时的一代王者杨阳罩着），为什么？问题出在他的心理上，他是一个天生的完美主义者，对自己要求太高，逼得太狠，希望将每一球都打成不朽的"绝杀"。赵剑华当年确实打出过许多被载入教科书的经典球，但其失误率亦是高手之中最高的。1991 年，他在杨阳退役之后终于迟到性地登上了世界冠军的宝座，有记者问教练："决赛之前你对他说了什么？"教练回答说："我对他说的是：你可以继续打坏！"

2002 年之前的沈浩波就是一个需要你告诉他"你可以写坏"来帮他松绑的诗人，他面临的是在自己施加的重压之下怎样在具体的写作中重返一颗平常心的问题，好在他自己挺过了这个阶段。现在我按传统的思维方式去回忆：他是怎么在 2002 年的下半年里一下子全面地好起来的？遇到了一个怎样的"契机"？我甚至回忆起了查尔斯·布考斯基加以他的影响……但精研写作如我者，已经不会这么思维了，什么是他的"契机"其实并不重要！那是时候到了！曾经不屑于"时间"的小沈最终得到了时间的厚赠！这一年半以来，这位我一路看过来的青年诗人终于到了他全面成熟的黄金时期，瓜熟而蒂落！他本人可以和我这个观察家一道站在成熟之后的高度上审视自己过去 6 年的来路，一定能够欣悦和慰籍地发现：所谓"成熟"是所有的因素共同发挥作用的结果：甚至包括错误和失误、包括自身的困惑和迷乱、包括种种的经验与教训！很多人包括我曾经或私下或公开地批评过小沈的偏执一端，现在看来他多个阶段的"偏执一端"而又不执于一事构成了最终的丰富和全面性，想想吧！一个"下半身"的缔造者如今是高呼"灵魂"者之一，不是他过去错了现在对了，也不是他曾经"先锋"现在"后退"，而是在不同时期的强调中全面强化了自己：从这个到那个，还有更多……"文本"上则呈现出一种混杂的光彩，是各种合力使然，甚至早年从欧阳江河那里受到的影响也使他在修辞的运用上比同代人更有意识更为娴熟，人生中任何一个阶段都不会多余，诗路之上亦是如此……一些"早熟"的"天才"——不过是些胸无大志毫无抱负的"小聪明"的"小才子"——是怎么一个个被小沈一路叫嚣着落到后面去的——有的落得影子都见不着了，答案就在这里！而与此相反，我为什么会看不起那类叫了20年"语言"还在叫的贫乏单调的"老家伙"？答案也在这里！

有的人在一首诗中"熟"，有的人在一组诗中"熟"，有的人在一本诗中"熟"，有的人让自己全面的"熟"，从世界观的"熟"到诗学体系的"熟"——此为"大熟"——"大熟"自会慢一点，难一点，可一但"熟"了，一首诗、一组诗、一本诗……还用说吗？那不过是生命的产品！他会给你整整一生的诗！

沈浩波当属后者。

我将后者引为同行者。

在热闹之下

　　过去的两月（或许我们可以将总结的目光回拉得稍微长点），季节从春入夏，这诗歌的坛子好不热闹（或许有点太过热闹）。

　　首先是奖项多多。《南都报》和《新京报》的"传媒大奖"显然最懂得借助传媒的力量而最为引人注目，得奖结果虽属于众望所归，但产生这一结果的终评委名单却不能不让我稍有微词而酷评两句：我可以闭上眼睛百分之百地肯定说：五人中至少有三人平时并不读诗，对当下诗歌的了解也几近于零，可是他们就敢于这么投出神圣的一票！靠的是二、三十年前尔等在青春期里阅读诗歌的印象么？外行评出了"内行"的结果，这就说过去了！内行评出的结果当然就更加"内行"，《新诗界》遍请国内的"著名评论家"（所谓"内行"）投票产生了一个"国际"奖，那个得奖名单似乎也太"正确"了吧？跟外行评得一样"正确"！在中国当代诗歌的这个鸟坛子上，奖似乎天生就跟某些面善诗善的同志有缘，"得奖专业户"是有那么一份无形的固定名单的——我也想顺势对这些"专业户"们（其中大有我的朋友在）警告一句：你得奖是因为你还不够好！具体说来：是你好得很讨好！与此同时，自以为权威的《诗刊》先是给寂寞难耐的"左翼老诗人"颁了一个安慰奖，也不忘给青年诗人再颁一个奖，怎么看都像是为庆祝"六一儿童节"而评出的"优秀少先队员"；《诗选刊》也在颁其年度奖，给人的感觉是有心制造点"意外"但又小心眼多多，避重就轻而择其果,这能讨到巧吗?

其次是诗会多多。有那有诗的诗会,比如昆明——北欧国际诗歌周,让欧洲传统的诗歌节"进口"我国,这才将诗歌的内容"进"了过来,充分说明"现代化"在此国度中远不是一个可以停下来总结的玩意,向前,向前,你只有老老实实继续向前! 当然,也有那大量的继续无诗的诗会,比如在浙江金华举行的艾青诗歌节——噢! 对了,这个会上也颁了一个以艾青名字命名的诗歌奖,自然颁给了一份"正确无误"的名单,官民左右中央地方各有代表获奖——什么都有,就是没有诗,甚至没有艾青的诗,他妈的,你们是为吃火腿而去的吗? 国际诗会似乎也有一份面对中国的"正确"名单,海外该谁,本土该谁,不会有"错",可鬼子们毕竟比土鳖们要来得大胆一点也率真一点,沈浩波、盛兴、尹丽川这三个"70 后"出现在中国—丹麦诗歌节上便是明证。

再次是出书多多。杨黎使出吃奶之力搞出一本皇皇"野史"《灿烂》(青海人民出版社),先让一帮"第三代"的老爷们儿过了一把被人采访的明星瘾,然后获得一种特踏实的被载入史册之幻觉,然后继续不写诗……在我读来,此书最大的价值并不在于提供了当年的所谓"真实现场"("真实"得造作而虚假),而是让你在时间的此岸上看得更加清楚:什么是运动? 什么是"代"? 什么是运动中产生的诗人? 什么是初级阶段的诗歌构成? 背井离乡的安琪累得吐血替尴尬不已的一代人做出了《中间代诗全集》(海峡文艺出版社)——这上、下册的两部"大书"真像是两个纸的"巨无霸",辉煌中几多悲壮,夸张中几多底虚,说句实话吧:这是把一拨生理年龄相当者硬攒而成的诗歌上的"一代人",我就从未真实地意识到我属于这一代或是哪一代人中的一个! 所以说本书最大的意义在于:以俗制俗,吓煞俗人。《现代诗经》(漓江出版社)是在下在青年诗人胡子博的帮助下编成的一本书——也可以说是大名早已远扬的《世纪诗典》（《文友》连载）的精华成书出版,虽说它远不完美:有一些诗外的障碍根本就不是我俩所能解决的,比如:入选诗作最多的北岛老兄终被强行拿下！尽管如此,一个挑战的信号已经由这本"重而不厚"（网上评语）的好书传递给所有的人:真正的内行总会到位！既定的权力将失去市场！说句气死那些权威的"老选家"们的专业内部的话:你不敢丢弃地死背着一个 17＋10 年的垃圾袋,你还能编得过我吗?！你连人都不敢得罪,你还能编得过我吗?！

中国诗人的现场原声

——2001 网上论争回视

  大概在两三年前,在中国当代诗人各个圈落的聚谈中还有斥"网虫"为无聊的语言习惯。也就在这近两三年的时间里,诗人们却纷纷上网,加入了虫子们的行列。网络进入了诗人的生活,并进而成为诗人展示新作、交流诗艺的一个重要场所,数十家当代诗歌网站(网页)的建立,《唐》、《诗江湖》、《橡皮》、《诗生活》、《个》、《或者》、《扬子鳄》等从中凸显,使诗人们的活动场所变得集中起来。诗人在诗歌网上出没确已构成世纪之交最具新鲜亮点的一大风景。与此相映的是在上个世纪的八、九十年代曾对中国现代诗起到过重要托举作用的民刊的急剧减少,以及民刊与网站逐渐走向合一的现象,说明在新世纪伊始中国现代诗的原生现场已经悄然转移,这是一个非同小可的变化。

  目前,诗歌网站(网页)上最大的活力构成在诗人们于论坛页面上所发布的交流性的帖子,这样的交流很容易形成"交锋"。有一个更大的背景是:网上的诗人比生活中的诗人变得"火爆"了,或者是网络的特点无形中加助并夸大了诗人们的"火爆",连平时以温和著称的很多诗人,只要一上网便脾气长了很多,很难说哪一个是更真实的他自己。这样的特点使诗人们在网上的争论与交锋变得日常化了,随便点开一家网站,到处都有"短兵相接"。诗人王家新前不久还在湖州诗会上抱怨说:"盘峰论争是一个阴谋和陷阱。"这位老兄大概是发誓一辈子都不上网的人吧? 最好别上! 因为他若上网就必然发现怎么生活中到处都是"阴谋"和"陷阱",不得大叹"世风日下,道德沦丧"云云吗?

　　与"盘峰论争"为代表的这种发生于学术会议和传统纸媒体上的论争相比,网上的论争更为直接、生动、真实,论争双方的动机与意图更容易暴露,论争内容的信息含量也大为增强,论争采取的语言方式更接近于诗人的原声状态。在此我想对 2001 年中网上发生的四次影响最大的争论加以介绍、分析与评述——

沈韩之争

　　诗人韩东在 2001 年第 1 期的《作家》杂志上撰文说:"比如最近我听说一位新的诗坛权威发明了如下公式:文学 = 先锋,先锋 = 反抒情。并且声称自己要'先锋到死'。且不说'先锋到死'有多么煽情,以上公式也太白痴了一些,而且误人。"了解情况的人一望便知,这所谓"新的诗坛权威"指的是青年诗人沈浩波,沈浩波也迅速在《诗江湖》网站上做出了如下反应:"你在《作家》上阴阳怪气的攻击我刚刚知道,我的反击从现在开始。""我知道我在衡山的发言让你感到疼了,疼了就叫出声来,别这么阴阳怪气的,你的口气我真是讨厌——'小'啊,你知道吗?""我在衡山批评了那么多我喜欢或者曾经喜欢的诗人,只有你用篡改原意、断章取义的方法来对我进行攻击,我想说,你这样显得阴暗和下作。""我真想度过一个平静的 2001年呀,说实话,我已经讨厌出风头了,可是,是你们不让我平静呀,你们要逼我成正果呀。""韩东,你真的老了——也许这句话早该有人说了。"

以上便是发生于 2001 年 1 月最终波及人数最多影响也堪称最大的所谓"沈韩之争"的缘起，之后双方各发一贴，韩东："我没有说你是白痴，我说的是'文学 ＝ 先锋 ＝ 反抒情 ＝ 讥讽调侃'是一个白痴公式。发明白痴公式的人不一定就是白痴，就像使用傻瓜相机的不一定就是傻瓜。如果你没有发明实际上也没有以此观点看待诗歌，我就向你道歉，至少我针对你说的话是多余的。""另外，我对你的先锋性也很质疑，你说的大概是某种你所理解的先锋的姿态，而非艺术上有个性根据的特立独行，在你的写作中我看不到这一点。当然，你对诗坛做过一些好事，至少是一个活跃因素，但做事归做事，写诗归写诗，判断归判断，不应混为一谈。"沈浩波："韩东是我写诗道路上的前辈，而且是一个我一直尊重的前辈，这样的前辈，我曾经在心里认过不少，但随着我自己的成长和成熟，我又一个一个的把他们从我的名单里勾去，随着时间的推移，这个名单里剩下的人已经屈指可数了。剩下的这几个，各有值得尊敬的地方，但从另一个方面说，这种尊敬也同时成为一种负担，我是一个不喜欢负担的人，我希望把这些负担甩去。所以当我知道韩东把他一贯尖锐的矛头对准了我时——我知道，这个负担正从我的肩头缓缓下滑。""但是毫无疑问，由于缺乏了先锋性，我认为你韩东在 90 年代的写作大部分是失效的，而缺乏先锋性的基本表现就是才子式的小吟咏；就是柔弱的小情调；就是小悲悯小抒情……""我觉得韩东太迷信自己的感觉了，太迷信自己的那种才华了，事实上他忽略了一点，在诗歌写作中，惟感觉和小才气几乎是最隐蔽但也是最致命的毒素，小才气和小感觉绝不是真正的诗歌才华，在写作上过于聪明的人往往会适得其反。"以上两贴因为双方都"攻击"到对方的写作，所以就不可能取得"沟通"的效果。

现在看来，这绝对是一个不应回避的因素：沈浩波的两贴中涉及到了韩东以外一些诗人的名字,有打击面过宽的嫌疑:"最后一句是对于坚说的,你在《作家》上也没有放过我,告诉你,于坚——还是适应一下喧嚣吧,没有喧嚣的 90 年代你还没有受够呀!""而今天我们所说的'先锋'有它在这个时代独有的含义和准则,诗歌的标准绝不是于坚所说的唐诗宋词的标准,更不是小海所说的中国诗歌的古典和本土气质,'诗'绝不是一成不变的,于坚、小海们在《作家》2001年第 1 期推荐年轻诗人时真是说尽了关于诗歌的傻话。""你喜欢和推举的那些诗人,什么杨键、鲁羊、刘立杆、朱朱……我觉得写得太差了,如果你认为他们的写作具有你认为的诗歌才能的话,那我还是没有这个才能的好。""你在发表我的诗作时,把一个叫朱庆和的诗人放在我的前面推举,如果你认为他的诗比我的好的话,那么我就使着劲点头承认吧。"……盖因如此,首先卷入这场论争的是与《他们》(含前后两个时期)有关的诗人、作家、评论家:李苇、非亚、顾前、吕德安(后传假冒)、李樯、朱庆和、丁龙根(疑为多人合用之名)、林舟、金海曙、黄梵、刘立杆等,他们纷纷发贴,明确表示支持韩东。稍后,非非诗人(含前后两代)何小竹、杨黎、吉木狼格、竖、晶晶白骨精、乌青、肉、看着乐(据传为离)等也纷纷发贴表示对韩东的支持;而与此同时,仇恨的桶(李轶男)、伊沙、朵渔、李红旗、陈云虎、江湖骗子(崔恕)、阿斐、朱剑、南人、刘春、恶鸟、欧亚、花枪、徐江、黄海、侯马、抬杠(张志)等被论争另一方荒谬地界定为"北帮"("北师大帮"的简称)的一些诗人纷纷发贴,明确表示支持沈浩波。除此之外,尚有尹丽川、巫昂、吴晨骏、小海等一些态度不明的中立者也参与了发言。

此次论争最终以丁龙根连续发出针对女诗人尹丽川和其他人的言辞极为下流的帖子,而被南人(《诗江湖》版主)公布了 IP,遭到韩东方面以撤出并宣告今后不再登陆《诗江湖》为抗议而告结束。

那么依照我们过去对一次论争的总结思路:此次论争究竟是一次什么性质的争论?它的所谓"意义"究竟何在呢?

——是杨黎所说的"民间和伪民间的争吵。是'年选'和'年鉴'的争吵"吗?这句在当时曾遭到伊沙等多位诗人有力反驳的话,确如徐江所说"有上钢上线之嫌",杨黎本人也在当时的回帖中对这句话做了进一步的合理阐释:"伪民间不是某一个具体的人,而是一种意识。这种意识在你我身上都有,这不重要,重要的是我们敢不敢面对它。"

——是阿斐所说的"任何立场无可辩驳地与利益有关,'立场'本身是'利益'的掩饰词,否则不存在论争"吗?我是一个不惮于谈"利益"的人,我以为"盘峰论争"相当重要的一个实质性内容就是在和所谓"知识分子"争"利益",这个"利益"具体说来就是诗坛的"话语权力"。我不知道在此次"沈韩之争"中有多少人是在觉悟到这一点之后才投身其中的,在我看来发生在"民间"内部的此次论争如果单从"利益"上讲,双方的争吵是在削弱这所谓的"利益",论争发生后,"知识分子"方面所表现出的幸灾乐祸也正说明了这一点。若是在论争发生的当时我一定不同意阿斐的观点,但是现在我反倒迷茫了,一年来对网络的了解,对网上新人的了解,使我不得不想到当时有多少人(主要是青年)是带着阿斐式的观点进来的,在这一点上青年们远不像我想像中的那么单纯幼稚。

——是沈浩波所说的"其背后就是形式主义与非形式、语言与身体、第三代与其后辈的争论"吗?"第三代与其后辈"的代际之争,我以为不是非要发生不可的,如果一定要发生的话,它大概早就发生了:在90年代的某个时刻,在我和于坚、韩东、杨黎们之间;与"形式主义"或者说"惟形式"对立的应该是"反形式"而不是"非形式"(诗歌永远不可能是与形式无关的产物),我闹不清楚在中国哪些诗歌实验是属于真正"形式主义"的，所以也没打算做一个"反形式"者。我真正感兴趣是"语言与身体"，因为我感到这与我个人十年来一直侧重身体的写作实践有关，也和"非非"、"他们"一贯强调语言的写作实践有关，发生在"沈韩之争"前的杨黎、何小竹与沈浩波、朵渔在《诗江湖》聊天室里的争论曾引起我极大的兴趣和关注，让我误以为这后一次争论的某一部分是前一次争论的延伸，没有这一点我大概不会介入到此次争论中去——但是我错了，"语言与身体"的理论研讨在此次论争中几乎未被涉及。

用传统思路来总结这次发生在网上的争论无疑会相当失望，性质不明，意义全无。那么我们就换个思路来理解它吧：那么多有名有姓的诗人在网上性情外见、峥嵘毕露、言语狂欢——这不是比性质、意义这些鸟玩意更有意思的吗？

伊沈之争

在"沈韩之争"中，丁龙根曾对沈浩波发过这样一句话："你小子终于活过来了，可别忘了伊沙的恩情，下次搞他的时候可别忘了今天。"当时为了避免让沈浩波感到无法回答的尴尬（他正陷于每贴必复的忙乱境地），我在后面跟了一句话："龙根，等浩波搞我的时候，我肯定也已经变成内心腐烂的大哥。"——现在看来我的说法实在太虚，什么样的表现和所作所为才算是"内心腐烂的大哥"？以我对这位"师弟"人性的洞察，我当然知道他迟早要"搞"，但我的幼稚在于对他的"搞法"做出了错误的总结，以为他总该找到一个合理的借口并假借一个神圣的名义，我说他"身藏大恶"的那个"大"字里已经包含了这层意思。他在衡山诗会上"搞"韩东的借口是韩东的诗已经丧失了先锋性，他在6月初在我5月新作下还发贴说："这仍是你的黄金时代,尽管我是多么不愿意承认这一点。"没过几天,已经开"搞"。

　　其实早在 4 月份的时候,他已经差点没沉住气。我在《说出侯马》的短文中把我、侯马、徐江这一拨 1989 年大学毕业的诗人称为"最后一批理想主义者",他认为我的说法对年轻一代诗人有针对性,立马发贴予以反驳,同时跳出来的是那个叫阿斐的"80 后诗人",已经露出明显的"对方辩友"状。如此莫名其妙,我的回帖也就没有客气,沈很快打来电话,解释说他认为他自己就是一个理想主义者,我认为他想做一名理想主义者对他自己来说实在是一件好事,这事儿也就过去了。4 月逃过一劫,6 月却不能够了。我的话是这样被沈抓住的:那时萧沉刚上网,连发几篇有一定理论含量的短文,我在他贴于《唐》网站的短文《打倒江湖化诗歌》下面发贴说萧沉是"具有发言能力的人",因为萧文中有一个观点:认为 70 后写的都是"伊沙类诗歌","是在拾伊沙诗歌牙慧",沈认为我称赞萧沉就是在赞同这句话,立马发贴对我和萧沉提出"质疑":"我的这个质疑的前提是,我认为萧沉对这几年中国诗歌的发展是不清晰的,在很大程度上是不在场的。他对网络上诗歌的发展同样是不清晰的,是刚刚到场的。一个刚刚在网上贴了数手旧作的资深诗人,是不是就可以作出这样的总结? 我表示怀疑。""我的这个质疑的必要性在于,当我看到萧沉用跟沈奇一样的逻辑,把 90 年代以降的口语诗歌,简单地归结'伊沙类诗歌',并断然声称'下半身'以及其他一些年轻诗人在这方面的努力是拾伊沙诗歌牙慧时,我认为这时的萧沉是无知的,缺乏对诗歌文本起码的细读能力。这种无知我此前在沈奇那里已经见识过了,他们始终给一种现代的、健康的、甚至是成为常识的写作方式找一个想当然的代表,并声称,只有这个代表的写作是成立的! 这仍然是将这种写作视为'邪路'的成见在作祟! 所以我说,萧沉的心态仍然停留在4、5年前。""当伊沙面对如此无知和武断的言论,仍然觉得萧沉具有发言能力时,我感到震惊!莫非你真的以为我们都在写作一种'伊沙类诗歌'?别开玩笑了。""我对伊沙在对萧沉的荒谬说法表示赞同的同时,又一味强调'唐'上诗歌的'天才'性表示反感。在网络上,'唐'是革命先进吗?是劳动模范吗?是一方净土吗?我认为这是在开玩笑!每个富有生机的网站都出现过很多有资质有天才的诗人,伊沙这种对'唐'的刻意强调令我反感,你不是要当老混蛋老垃圾的吗?怎么现在就这么想当一个虚妄的'诗歌学校'的老师?怎么现在就这么想确立一个革命导师的身份?我不懂!"在沈后来发出的帖子中还列了一份扶助青年的诗人名单(那意思是我们得像这些诗人学习,他们是我们的榜样),并在这份名单的前后再度对我和萧沉提出"质疑"(我和萧成了反面人物,两个坏典型),萧"隐居"多年先不说,我可是太冤了啊(真比窦娥还冤啊)!我没有为青年做过一点什么吗?我没有为"70后"和"下半身"做过一点什么吗?我没有为马非、宋烈毅、盛兴、沈浩波、南人、朵渔、巫昂、尹丽川、李红旗、李师江、朱剑、崔恕、轩辕轼轲、阿斐做过一点什么吗?——这就是我在回帖中为什么要说沈"有眼无珠",为什么要说南人他至今还没有领悟的"健忘"。我认为萧"具有发言能力"并不等于我赞同他所有的观点,我知道萧并与之相识已经十年以上了。再说,我还认为海子、骆一禾、唐晓渡、欧阳江河、西川、臧棣、张枣"具有发言能力"呢?我什么时候赞同过他们的观点?如果沈还听不懂的话,我就举他了若指掌如数家珍的"下半身"的例子:沈本人和朵渔就叫"具有发言能力",南人、尹丽川、李红旗就叫没有。至于"70后"写的是不是"伊沙类诗歌",是不是"拾伊沙牙慧",是不是还需要我本人站出来说:NO!不是!起码胡续东、蒋浩、姜涛们写的就不是——沈浩波,你是不是就想这么愚弄我一下,叫我"此地无诗三百首"地出一下丑？如果我当时这么傻拉吧唧地表一下态是不是就不会遭到你义正词严的"质疑"？那么以后呢？你敢保证对我从此就消停了么？

很快我就遭到了"下半身"众将的围攻：南人、尹红旗（尹丽川、李红旗合用名）、朵渔……我说他们是一个"组织"，沈浩波还觉着委屈，有无搞错：我是一个人，单枪匹马地站在这里，本欲和你"单练"，你们不是一个"组织"打什么群架呀？！这几个都是在艺术的原则问题上寸土必争的人么？用沈自己的话说："别开玩笑了！"其中的那位女士我永远不懂，"沈韩之争"及沈浩波无端向《芙蓉》主编萧元发难的那次她都左右为难急得团团乱转，呼天喊地忍辱负重地自扮成一个"和平主义者"，这一次可是如此果断爱憎分明地充当了排头兵，因对象而异，我当能理解，但我想知道的是她的标准何在？无所畏惧的她敢于公开讲出来吗？当时的氛围令人作呕，我确实遭遇了我个人生活中空前恶心的一次事件，在此我已全无复述的兴趣，谨录我发给沈浩波的最后一贴，以飨读者，所有被"下半身"提出的我的问题都含盖其中了——

三答沈浩波

沈浩波，都这会儿了，你就别用"使我难过"之类的酸词来自我感动和蒙骗视听了吧？这让我觉得过于搞笑。我在《二次回答沈浩波》中只是讲了一个以为对你有益的故事。如果使你难过的是我对南人、尹红旗的回帖，那么请你先看一下他们的前贴，我和这三人的关系对你来说也是完全透明的——你可以指出我说出的哪一点不是事实。除此，你"难过"什么？！

沈浩波，萧沉的帖子提到了我的名字与此同时似乎没有提到你的名字——我的理解是这个帖子跟我有关跟你似乎无关，看完萧贴我感到这是诗歌网络上少见的那种具有理论发言质量的文字，就称赞了萧沉这方面的能力——你在对萧沉质疑的同时质疑了我的称赞——我深知你的疑点在于你以为我称赞萧沉的动机是为了支持"伊沙类诗歌"这种说法（你一以贯之的"小"决定了你逢事就会这么思维），现在我已失去了向你解释我究竟为什么称赞萧沉的原因。我理解你的帖子针对了我，所以就依你之说，把你已从我朋友的名单上删去。

沈浩波，我完全同意仇恨的桶所说你的发言是代表《诗江湖》针对《唐》的，"代表"是你这个人一贯的身份感，"针对"是你和你们两月来莫名其妙却又是有目共睹的情绪——在《唐》改版之初你上来说过几句应该是人说的话，而你在《诗江湖》上是怎么说话的（过去我曾善意地说像"班长"）？这让我联想起王敖：《诗生活》上的"知心大哥"，《诗江湖》上的"痞子流氓"。如果你不像南人那般健忘的话，应该记得我曾痛斥之。长期以来，你在做人上有一大疏忽：你总以为你长了一副"火眼金睛"能看破一切人间不平事，你忘了你自己的所作所为所思所想，众多俗人的肉眼也可一目了然。所以我再次依你之说，把你从我朋友的名单上（尽管上面已没了你）再次删去。

沈浩波，确实，在有桶这样的朋友之后，我发现我以前的交友原则对自己过于不负责任——我有太多的空头朋友了，所以我想付出一些人，于情于理我都该最先付出你。

沈浩波，关于"组织"的问题我有耐心跟你谈，考虑到你作为一个南方人在某些语境上的局限，我告诉你：我这里所谈的"组织"是"流派"、"集团"的调侃性表述。据我所知：70年代，中国大陆有一个"流派"——"今天"；80年代，中国大陆有上千家"流派"（有质量的几十个），"非非"、"他们"、"莽汉"、"海上"是其杰出代表；90年代,中国大陆只有一个"流派"——"知识分子写作"(缘起于《倾向》);2000 年至今,中国大陆只有一个"流派"——"下半身"(缘起于《下半身》)。我讲这些是想提醒你一点,在"个人写作"提出并被大家普遍接受的 90 年代至今,"流派"的存在就成了一把"双刃剑"。它可能杀伤杀死自己的是什么? 你从"知识分子"身上去找吧。先不说我的诗是否遮蔽了你们的诗,为什么在所有的文章(你们自己写的除外)中几乎都使用的是"下半身"而不是沈浩波、南人、尹丽川、李红旗,自我符号化曾使你们占得声势上的先机,也会使个人付出代价——你可以大骂理论界偷懒而且庸俗,但我以为这是你们自找的——这便是我在提到"组织"一词时与诗有关的看法。如果你认为你们这个流派没有任何的组织化,你可否解释一下为什么李红旗指责我"无理取闹"。你们三人各有其因,我只纳闷李红旗。关于"组织"的话和大小有关么? 我希望你在学舌时能有对位的话题。

沈浩波,你关于桶的所有话在我看来非但是"敌意"的,甚至是"恶意"的,你将桶在非常具体的语境(某一事件发生后的特殊语境)中的话拉出来说,可见你在用心险恶上手段不高但还具备。在谈桶这个人时你竟然动用了"野心"一词,你是不是为了把我笑死? 我估计你是照着你身边某个人的样子在谈你臆想中的桶——那个人是个男人。

沈浩波,你举了不少人,似乎只为映衬我发言的动机不纯,你可真是属变色龙的啊! ——为此,我有理由第三次将你的名字从我朋友的名单里删去(尽管那上面早已没有你了)。甚至我怀疑你有眼无珠。

沈浩波,你不要说徐江"恶心"什么的。你替徐江辩解一句再漫骂一句,而且内容本有着天然的因果关系——你忘了或者是有意在回避这一点,就像在看我帖子时一样——就这个问题,如果你想逐贴辩论,我肯定奉陪。

沈浩波,我不会以小人之心无端揣测你为什么要在这时提到杨黎、韩东,我只是想告诉你,你提他俩的名字让我有生理上的反感。我还想告诉你,只有鬼才关心这次争论有无诗学背景——如果硬要这么扯,我以为它有人的背景:现在你我这两个世人眼中的"小丑"将共同暴晒于阳光之下——这不是大快人心之事吗?

沈浩波,云虎是你的朋友,你以什么样的语气跟他说话我不会多管闲事(虽然你本人经常爱管别人间的闲事)。只是我想谈谈你的说话语气问题——到目前我还是很严肃的,我不严肃时的状态你肯定见识过——你说话方式中对于他人的伤害性是浸透在语气中的,能在不经意中用语气伤人——你在这方面的才能是我见过的人中最高的——我从语气上谈还是不想也没有太多的兴趣透析你人——如果我的生活中有这么一个人经常性地以"朋友"和"诗歌"的神圣名义无端放肆地以这种语气给我带来一点伤害,我就会坚决地站出来制止他。现在是我对你说:在我面前,给我闭嘴!

徐韩萧杨之争

在我与"下半身"的争论发生时,诗人萧沉在网上调侃说:"都是伊沙惹的祸。"事实是萧沉的此次发言《打倒江湖化诗歌》,还引发了他、徐江与杨黎、韩东的另一次争论,在这一年的 6 月,萧沉的一次发言成为两起争论的缘起,至少说明"隐居"多年的他还是提出了目前大家都十分关注的一些问题。

萧沉在《打倒江湖化诗歌》一贴中讲了三点:1/诗歌网络化所产生的诗歌垃圾、2/"下半身"给诗歌所带来的低俗副作用、3/严肃诗歌,人人有责。他认为:"互联网的出现,虽然给民间诗歌的迅速传播带来了前所未有的景象,但诗歌同时也进入了一个粗制滥造的时代。我将这类诗歌称其为'江湖诗歌'。'江湖诗歌'在网络上'发表'的集中表现,则为对语言与文字的缺乏节省。这批诗歌也主要集中在由'70后'所带动起来的年轻人的作品。""A:主题的严肃,才是严肃的诗歌。B:语言的节省,才是表达的基础。C:怎么写,是技术性问题;写什么,才是诗人存在的意义。"这些观点很快遭到诗人杨黎的反驳:"你对网络诗歌的看法,基本上是过去式的。当然,这是我客气的说法。我个人认为,网络刚好为诗歌带来了新的可能。这恰好是对已经腐朽世界的反对和超越。""你说到严肃,以及你关于严肃诗歌的观点,真的让我无法回答。写什么重要? 这是多么现实主义的东西啊,你应该和谁讨论这个问题,我想你很清楚。""从某种意义上说,口水诗肯定比不口水的诗好。因为,你们对口水诗的反对,已经是文学的、诗意的和知识分子的了。"——此贴又引出了诗人徐江的发言:"我赞同萧沉前段对口水诗的谴责。但不赞同他对网络的过激看法。因为任何的时代都有垃圾,过去是藏着,现在摆出来了。所以垃圾不是网络的错,但网络给它们提供了机会。""写什么,怎么写? 是任何时代任何人都绕不过去的话题。它不过时。与此同时,我还建议大家再加两个问题:1、我为什么写? 2、我为什么还在写? 诗歌从来就是这么严肃的,你想不严肃都不行。""'口水诗肯定比不口水的好'。我认为你这样说,是基于你对'口水'的定义与大家现在说的不一样。如果你个人认为你对它的定义和大家没区别,那我认为至少得罚你三个月酒钱,此事不刻骨铭心不行。因为你这么说是在放屁。""别整天拿个'诗意'、'文学'、'知识分子'这类本来很好后来却被强奸的词来做扣帽子的工具,留神伤了自己。90年代你们已经被伤了一次了。而且给'知识分子写作'欺世盗名做了很好的铺垫。身为诗人,不要以没文化为荣,也不要欠诗歌太多,账多了是要还的。我怕你和别的朋友付不起这个本儿和利息。"杨黎对徐江的发言做了如下回复:"有人的地方就有垃圾,这个道理非常简单。关键是,把网络上的垃圾扩大化,这是态度问题。所以,我们必须说明我们的观点。""我从来不愿意拿着什么诗意啊、文学啊、知识分子啊这些东西在谁的面前晃来晃去,正如我不喜欢拿着祖国、正义和道德这些东西在谁的面前晃来晃去一样。你认为这些东西本身是好的,我尊重你的认识。反正我不这样认为。""怎么写,永远是摆在写作者面前的重大问题。而写什么,这只能是伪命题。关于这一点,我想应该是没有争议的。否则,我们的写作还有什么意义呢?""是啊,你问得好,我们为什么写作。如果有机会的话,我非常愿意和你等朋友讨论它。顺便说一句,我对'口水诗'(一种被他人这样称呼的诗歌,就像当年的朦胧诗一样)的肯定,就是这一思考的结果(为什么写作)。""严肃永远和权力在一起。要求别人严肃,要求自己也严肃,肯定是对自由的否定。我想请问一下,当你在说严肃时,你心里想的什么? 脸上的表情又是什么?"接着是诗人韩东站出来反驳徐江:"你说话的口气真让我厌恶,那么的阴阳怪气。凭什么说杨黎表达自己的观点是在'放屁',而你是在做深呼吸?""你一再教训杨黎如何说话,要给他教训让他'刻骨铭心'。你真是太幽默了,尤其是你当真以为那么回事时,这幽默就大了。"——从此双方转入密集发帖阶段,交锋于《橡皮》和《个》网站,主要集中在徐江、韩东两人之间,两人都摆出要给对方算总帐的架势,当然也真这么做了,韩东的反复发帖、徐江的"开给民间的病情诊断书"系列短文便是这样的一个产物。

尽管程度有所不同,但以上四人都是我相知相熟的朋友,也都是我十分尊敬的诗人,借此机会我也想给这四位朋友算一个"总帐",因为表面上看这是一个围绕着"网络诗歌"如何评价、"写什么"与"如何写"的分歧问题，但背后却暗藏着一个更大的背景上的对立。拿萧沉来说，从我的感觉上他是 90 年代初出现的一位诗人，但据杨黎讲实际上他是 80 年代末就已出现的"第三代"最后一拨人中的一个，盖因如此，我对他在"第三代"一些原则问题上的基本态度和基本看法（包括争论之后我们在网上私人交流时了解到的）感到惊讶，比如他对韩东"诗到语言为止"、于坚"拒绝隐喻"、韩东《有关大雁塔》、《你见过大海》这些"第三代"标志性的理论和作品都是批判的，也包括形成争论的"怎么写"与"写什么"的问题，包括对"口语诗"的认识问题，回想 90 年代初海子之死带来"麦地狂潮"的那个时期，萧沉也写过一段海子体的诗以及《羊皮手记》这样的理论，我可以断定他不是一个坚定和典型的"第三代人"——我是否可以据此推论这是一个并不坚定也不典型的"第三代人"对当年的"第三代"从理论到作品的一次反思行为呢？而从内容上看，这样的反思是无效的，因为这些标志性的理论及作品已在近二十年来中国现代诗的发展进程中发挥了极其重要的作用，不以理论在实践中导致的结果和作品在环境中产生的成效来谈问题而重新陷于咬文嚼字的苛责之中，甚至置理论表述中特有的旨在矫枉过正的绝对语气于不顾，所以无效。拿杨黎来说，我越来越同意韩东所说的这是一个严肃的诗人，回看他在此次论争中的帖子也加深了我的这个印象，杨黎谈问题时的严肃体现在他谈出的是自己切身的体验而非浮泛的思考，作为一个个体的诗人这非常之好，事实上他也是个十分自足的诗人，他的体验和经验对于自身的写作而言足够了。但与此同时，他体现在文化上的局限性又过于明显，这也是我为什么称其为"偏将"的原因之一，我的一个形象化的直觉是：杨黎自言自语时句句都是真知灼见，他一对公众（哪怕人数很少）发言则会带来灾难，比如"废话"的提出，比如对"口水"的肯定，起码的界定总该是有的，否则就不要站出来谈,如此"理论"只会让资质平庸的写作者找到自己的保护伞。拿徐江来说,由于自身的成长与本土现代诗发展的这个背景无关,所以他也大力提倡的"敬畏之心"只面对西方大师而不面对本土前辈,但问题是有时候他好像是有意在强调和夸大这一点,强调和夸大一种情绪上的逆反,他针对杨黎所发的第一个帖子中在言辞上确实有些叫人不舒服的东西,这没有必要,因为杨黎不是王家新——我不是因为歧视王家新才这么说,回首一下:对王家新出手完全是被迫宣战后必须采取的行动,许你给"民间诗人"刷文革式的大字报,就不许我玩所谓的"地摊小报笔法"? 因为有着那样一个前提和背景,所以上一次的徐江起码比这一次更有正义感和真理性。拿韩东来说,他是凭借一己之力为中国诗坛乃至整个文坛做出公益事业最多的一个人,却在网上遭致那么多青年的不满和怀疑,剔除那些以"领袖欲"、"称霸文坛的野心"、"一统江湖的企图"来妄加猜度者,剔除以韩东90年代的诗作不灵为依据而妄图全盘否定韩东成就者,更多的不满情绪是针对韩东的读诗标准和推人原则,韩东在各个时期力推的"新人"都是在不同程度上趋近于韩氏诗风文风者,差不多也都是韩东生活中的"朋友"——如果文人的交友趣味可以论证这样的"合一"是真实的,那么这样的"真实"自然也难以服众。很多人不是对韩东的作品不服而是对韩东看待别人的标准不服,我所了解的徐江当属此种。

最后,我想回到此次论争的两点问题上来:"网络诗歌"的认识问题双方都已澄清,应该算作成功的交流。"怎么写"和"写什么"的问题,我以为萧沉、徐江在这个问题上缺乏对历史的足够了解和起码尊重,对"怎么写"的强调曾经在本土现代诗的发展中起到过革命性的作用,这已不是一个性情所至就可以随意拉回到纸面上做空洞论证的问题。而杨黎、韩东——也包括于坚在内的典型的"第三代"

诗人的问题在于：在他们一贯的认识中，"怎么写"与"写什么"究竟是皮和肉的关系还是血和肉的关系？如果是后者的话，"写什么"就不是那么不可谈的（杨黎称之为"伪命题"），它真的无法反过来拉动"怎么写"吗？五年前于坚曾从"怎么写"出发（认为我缺乏"怎么写"）批评过我，我的反问是我的"写什么"能出自贺敬之的"怎么写"么？是什么在中间发挥了作用？指的就是它们血肉难分的内在关系。论争，尤其是网上的论争，不求解决所有的问题，只要有真正的诗学问题被提出，就算争得其所。我以为此次发生在杨萧徐韩四位诗人间的争论——它最大的价值体现还是在对"口水"这个概念的触及，因为论争中对这一重要话题的谈论有限，急于得出结论也非明智之举，在此我将不做分析，我以为这个问题还将不可避免地出现在诗人们今后的讨论中。

韩于之争

这一年的7月初，我在《唐》上贴出了自己前一个月的诗歌新作后，诗人于坚以跟贴的形式给我写了一封公开信，他在信中说："看到你的这组新作，为你的创造力的饱满高兴。'一耳光'写得如闻其声如见其人。你的诗总有一个'模糊地带'，在清楚中的不清楚，这是口语诗人学不会的。和你的胆结石有关。我喜欢你的一点是，你和我一样，是在文坛的铁板下面自己拼开血路杀出来的。九十年代你周围有那么多人么，那时代的环境比今天恶劣得多，有谁扶植过你，而反过来，谁又把你伊沙扼杀掉了，这就是生命，就是创造者的力量，独自，一个人，面对死亡，面对铁板一块的周围，在钢板上舞蹈。真正有力量的诗人，是不需要那种伪善的文学保姆的。诗歌不是什么的成长，需要园丁，开始就是结束。我国喜欢当园丁的鸟人实在太多了。我这人有点残忍,我以为,写作是你自己的事情,是你一生一世的个人奋斗,或者手淫。不是什么扶老挟幼的鸟运动。新人?新人与我有什么鸟关系。我就是不扶植新人。因为我不想当旧人,我也没有那个鸟功夫,去当一只假惺惺的老母鸡。我以为对于那些真正的创造者来说,这是对他的侮辱!你常常说受到我的某些影响,那是你和我的作品的关系,如果说有什么扶植,这就是扶植。我也在你的诗歌里得到过启发,这也是扶植。如果写得出来,你就写出来,写不出来,再怎么塑造,也是塑料的。你不是塑料的,你是自己长出来的,你是一根鸡巴!当年骆一禾就这么调侃过我,说我的诗歌是精液,到处乱喷。这时代的诗人已经如此脆弱了么,尼采的超人在哪里?只剩下江南才子了么?必须要抱成一团?或者捏成一团?""如果中国有那么多人热爱当保姆,让他们当好了。我不把这种人视为同志。我蔑视无论左派还是右派的作协主席。庞德先生也许算是一个老主席,但对于我,我会说,滚开,如果命运要我一辈子出不来的话,我会自觉自愿呆在黑暗里。""我对所谓'断裂'其实是深不以为然的,难道它会比爆响在自八十年代以来的在我们许多人的诗歌中的咔嚓声更有力?更具空间性和质感?"

当时我初读此信时更多是沉浸在一位我所尊敬的写作者对自己十年历程给予充分理解的感动中,并未意识到于坚此信中有着一个具体明确的针对性,直到韩东在《诗江湖》上做出如下反应:"70年代从来不是一个诗歌理论,它指的是70年代以后出生诗人和作家群,它也就是你说的'新人'。新老作家是有区别的,这区别当然不在谁优谁劣上。知识从发表和被关注的角度说,新作家处于弱势。他们的年轻,作品发表和被承认的困难都是一个物理事实。我对70后的支持和呼吁只于此。我不觉得他们比60后出生的作家写得更好,当然,我也不觉得他们就写得更差。当然,年轻一代的作家原则上不需要任何人的支持和呼吁。这种支持和呼吁帮不上他们什么忙，但如果上这样做会得罪什么人，想必会是 60 后或 50 后出生的作家，是他们心中有鬼。支持和呼吁会得罪一些人，说他们写得并不一定就差就更冒犯众怒了。我是否应像有人要求的那样，在此等事情上保持沉默？或者暗示年轻人的写作不值一提？如果我能明确表态老年人写得更好，那就更无可挑剔了？我并不想做什么代言人，如果你讨厌我这一点大可不必。像你一样，面对诗人或作家我会说三道四，赞赏一些人而反对一些人。不同的是你赞同李白和麦城，而我赞赏的是乌青、竖、尹丽川、李红旗、巫昂、朱庆和等等。"

接着是杨黎发贴，观点针对于坚；于坚再度发贴回答杨黎；韩东再度发贴针对于坚；沈浩波、朵渔分别发贴针对于坚；于坚三度发贴回答沈浩波；韩东三度发贴针对于坚；何小竹发贴针对于坚，最后于坚贴出诗作《成都行》，论争自动结束。我是不是可以这样来理解这个过程和其内在逻辑呢？——不推举新人者或者说这方面工作做得少者（于坚）认为不推新人有理；推举新人或者说这方面工作做得多者（韩东）认为推举新人有理；准备推举新人或者说正在开展这方面工作者（杨黎、何小竹）认为推举新人有理；新人或者说正在开展这方面工作的"老新人"（沈浩波、朵渔）认为推举新人有理——是这么回事吗？如果仅仅是我们表面上所看到的这些，那么我就认定这是本年度最无聊的一次争论。面对新人，推还是不推？——这才是一个真正的"伪问题"。想推就推不想推就不推，或者是能推就推不能推就不推，或者是有条件就推没有条件就不推（难道没有条件创造条件也要推吗？）……还能怎么样？推了又怎样？不推又怎样？被推又怎样？没被推又怎样？这里面真有那么多深刻复杂的大道理吗？我怎么就看不出来呢？

我以为此次论争真正的导火索在于：早些时候韩东曾在网上对

于坚等诗人接受王强(麦城)资助并为其诗集撰写评论一事提出了公开的批评,使多年老友于坚感到愤懑和压抑,也为后来的论争爆发埋下了一个很大的"伏笔"。推不推新人不过是一个借口一个托词罢了。于坚在此次论争中拒不和论争的主要对象韩东正面交锋(这和于坚在"盘峰论争"中的姿态大相径庭),只是意在表明他对与韩东关系的失望和决绝。所以,此次论争的主要背景不过是两个诗人间的私人恩怨,尴尬有加的是其他几位以为又遇到什么原则问题而立刻跳出来表态的人,抓了满手芝麻。

一年以前,"沈韩之争"刚在网上爆发之时,孙文波等"知识分子诗人"竟在公开场合丝毫也不掩饰他们的幸灾乐祸,他们以为这是与之对立的"民间"从内部开始分裂和瓦解的一个可喜信号,他们已经忘记了"盘峰论争"中我一再说过的话:"'民间'不是一个组织,这和'知识分子写作'有着本质的不同。"——他们已经不在乎"沈韩之争"的爆发正是对我这句话的一个新鲜有力的佐证,他们在乎的是与之相对的这股势力是否受到了削弱——一年来的后果令他们满意了吗?

回头看来,在"沈韩论争"中,由"下半身"诗人朵渔喊出的"民间不团结也是力量"也是一句没头没脑的扯淡话——"民间"到底是什么?"力量"到底是什么?这"民间"要这"力量"干吗?一个诗人没有这种"力量"就不能活吗?真是人算不如天算,双方各怀的小九九都被这一年的时间报废,一年下来"民间"的分裂至少已有上述四回了吧,就算"民间"的"力量"已经化解为零,那又怎么样?一年来,几乎所有"民间"的现役诗人都纷纷上网,新作迭出,话语飞扬,使网络成为中国诗歌作品的原发地和中国诗人话语、舆论的原声现场,诗人醉心于此,诗歌继续前进。

"知识分子在干什么?"——这是诗人们在网上偶尔会问起的一

句话。等待"民间"分裂的孙文波们已经远离了这个现场，一年来甚至是三年来，中国诗歌新的生成和新的话语均与这些心术不正者无关，这就叫天谴！当我初次听到王家新在湖州诗会上发言说"'盘峰论争'是一个阴谋和陷阱"的那句话时，我惊讶得耳朵都掉了下来，我不在乎他怎么评价"盘峰论争"，我只是惊讶他还在喋喋不休地谈论此事。至今耿耿于怀，暴露的是三年以来内心的空，他们不在现场，他们哪里知道：中国的诗歌在此三年里好似"轻舟已过万重山"。

卷 D

自赏自析

伊沙：扒了皮你就能认清我

"你没什么牛 B 的！你光会骂别人，不会骂自己，你自己就是十全十美的吗？"

指着我鼻子说这话的人是广州诗人黎明鹏，他的另一重身份是个成功的房地产商人，时间是去年 11 月的一个晚上，地点是在北京海淀区知春里的九头鸟餐厅。除了我的朋友，敢于当面指着鼻子骂我的人实在不多，所以我有印象。我当时怎么回答来着？原话已经忘记了。大概的意思是说：在一个人人都在赛牛 B 的时代里，骂骂人我不以为其牛 B，可以骂别人也可以骂自己，我也很想找个机会骂骂自己，但我也不会认为骂了自己就牛 B，"十全十美"更是从何说起？

现在终于有了机会我可以骂骂自己了，要学会批评与自我批评。有把年纪的人肯定富有经验，我以为在中国，好的自我批评都具备自我交代的性质。

一支笔、一叠纸，开始。

我有一张体制的脸

如何制造一个"文学少年"？我愿意与最富经验的中学教师交换心得，那就是：鼓励他的作文，画很多红圈，写最好的评语，让他站起来念，当众领受来自同学的羡慕和嫉妒。

想当年，我就是这么被制造出来的。作文好，家长就以为你有这方面的特长，总是从单位图书馆带文学杂志回来，远在上海的舅舅也听说了你的专长，每月都买一本《上海文学》寄给你……我就是在《上海文学》上第一次读到艾青的诗，是《归来的歌》，写天涯海角的一首，我觉得很好，句子漂亮，可那时候，我觉得雷抒雁也很好，而我最崇拜的小说家是刘心武……真是乱七八糟，我对文学的最初接触是从当代期刊，从"伤痕文学"开始的，这怪我没有家学，父母都是搞野生动物研究的，整日在秦岭山中追着狗熊跑……我独自在家学会了做饭。我是一个生在外省的文学出身相当贫贱的"文学少年"。

从小学到中学，我都这么过。太可怕了！我在小学五年级的时候就知道把信封的一角剪去就可以四处投稿。在毛没长全的时候就懂得做个诗人好泡妞，那是因为我在那个年头（70 年代末至 80 年代初）的报纸上读到总是有两种人犯男女作风问题：诗人和导演。还有一次，刚从南斯拉夫访问归来的流沙河来西安讲学，我亲眼看到那么多的姐姐挺着那个年代特有的小波满身雪花膏的庸俗香气朝着流诗人讲课的剧场大步而去……我的小心灵真是羡慕不已！那时年少的我可以清楚地告诉你：王蒙和张洁是惟一两个三获全国短篇小说奖的人以及朦胧诗主将顾城的家世。真是太可怕了！

更大的激励还在后头，17 岁那年我写下的第一首诗就得以发表，现在我硬着头皮将之再次公布如下，博大伙一乐：

夜……
夜，深了，
柔和而宁静
多少面窗子里

却还亮着灯。

那点点灯火，

交相辉映，

像天上的星星；

又像一双双

探索的眼睛……

我默默地告慰

灯的主人：

等待你们的

是一个美好的早晨。

这便是我的"处男作"，它要酸倒我今天的后槽牙并且浑身直起鸡皮疙瘩，带着钻的冲动，满地寻找着地缝。我的书架上有本《顾城的诗》，我找到一首顾城写于 14 岁的诗抄录如下：

小花的信念

在山石组成的路上

浮起一片小花

它们用金黄的微笑

来回报石头的冷遇

它们相信

最后粗糙地微笑

在阳光和树影间

露出善良的牙齿

两诗对比，无疑，顾城是个天才，而我是个白痴。可那时怎么就没有人告诉我呢？并把我阻挡一下？还把我视为"苗子"，任由我一路傻呵呵地写下去。在那时的中学生中间，比我更有名气的尚有田晓菲、刘倩倩、王军（洪烛）、涂海燕（小海）等人，说实在的，这些人（首先是我）既不天才也不早慧，只是过早地开始知道弄这些事情。既不天才也不早慧，那么早弄它干吗？这是全无意义的！可我们竟然从中捞到了实惠的好处，中学毕业时，田晓菲被保送至北大，王军（洪烛）被保送至武大，涂海燕（小海）被保送至南大，我本有一个保送复旦的机会，因故未遂只好参加高考，但也因获奖、发表的记录获得了 20 分加分得以顺利地考入北师大……除了这些，我还得到了什么？做一个小诗人的鸟感觉———一种身在文坛的幻觉。一个小屁孩子，知道那么多的文坛内幕和文人轶事，"口气像作协主席"（于坚诗语）。文学是可以带来好处的，文学可以当饭吃———这种糟透的想法立杆见影植入我心。还有：我就是为文学而生的，我就是为文学而受教育的，大一刚入学，辅导员在台上讲："师大不是培养作家的，师大是培养教师的……"我心怀不屑地撇撇嘴，那个撇嘴一定丑陋极了。时刻准备着，为当一名作家而奋斗！那时我肯定在心里宣过誓。做一个作家，做一个体制意义上的作家，我心生体制的幻觉，也充满体制的趣味。张小波说我是个"会痞"，喜欢开会，而且知道如何在各种各样的会上出风头。我不得不承认我有这本事，但可悲的是，其实体制的会我参加得很少，我的本事是从哪里学来的？天生的？还是来自一种积年累月的自我训练———一种在内心展开的训练呢？体制的趣味就是无聊文人的传统趣味，并不完全在体制内展开。台湾《创世纪》诗杂志常年赠阅，我翻上面的图片，对洛夫、痖弦们经常在茶艺馆里围坐谈诗的场景羡慕不已。我喜欢北京，有多种理由，历史的，现实的，其中的一条理由是我确实喜欢北京城里每个夜晚那种文人扎堆的饭局，喝滥酒，说胡话，挥洒性情，恣意撒娇，自觉也是江湖上的小英雄、北京城里的一腕儿！

　　正是在北京的饭局上，杨黎说他实在是不喜欢我的长相，没有解释的下文就是不喜欢。何小竹在《1999 中国诗年选》的"工作手记"中说："而对我和杨黎来说，伊沙是新朋友，这个早闻其名以为是个流氓的家伙见了面一看却像个'知识分子'。"小竹的话能否代表杨黎的意思？而在几年前，美男子丁当说我长得像国营企业的伙食科长，让我对镜瞅了半天，我想拍着脸告诉你：我确实也不喜欢自己的长相。以我见过的诗人来说（女诗人暂且不谈），以俗人肉眼的标准来判断，可以有美丑之分：芒克、严力、顾城（已故）、杨炼、丁当、何小竹、石光华、柯平、杨克、侯马、阿坚、臧棣、马永波、阿橹（已故）、叶匡政、胡宽（已故）、路漫……都属个顶个儿的美男；于坚、杨黎、陈东东、刘漫流、沈奇、徐江、秦巴子、中岛、李岩、西渡、清平、桑克……都属于五花八门的丑男。美丑是俗人的标准甚至是女人的标准，我还有我的标准，那就是看你长得有无特色，美而有特色者为阿坚，他长得像战国时的刺客；丑而有特色者为于坚、杨黎、徐江：于坚长得像曼德拉，杨黎像师洋大律师，徐江谁也不像，五官在他脸上飞啦；长相中平而有特色者为朱文、李亚伟、张小波、沈浩波：朱文会变脸，他上一个表情很英俊，下一个表情就会很丑，堪称丑俊同体；李亚伟，与其说他长得像四川哥老会的师爷，不如说他长得像豺狗；张小波喝高之后反而不闹了，表情恬静，面露幸福之色，像一个红彤彤的刚从产室抱出来的女婴；请你仔细观察沈浩波，这小子面部的神经脉络组合起来与斗鸡无异……与他们相比，我长得真丢人，真失败，美丑不占还毫无特色，说穿了就是平庸，说得文化点儿就是：我生了一张体制的脸。这张脸在我是一名"文学少年"的时候是一张班长（还是副的）的脸，在我成为一名"诗人"后就是一张主编的脸（科级与处级之间）：堆满脂肪，和颜悦色。这张脸搁在商人中间让人误以为是经理,搁在政客中间让人误以为是处长,搁在文人中间让人误以为是主编,惟独不会让人误以为的是:诗人!

如果说一个人的脸的最终长成与他的内心有关——如果这种说法成立,那么我这张体制的脸一定与我内心的体制幻觉与体制趣味相关连。作为当年的一名"文学少年",我天真地以为文学生涯就像一名班干部和"三好学生"的命运,一切都有人替你安排好了,所有人都会关心你爱护你,而这一切都来自一个抽象的概念:文坛。具体讲就是组织,一个作家的组织。

1985 年秋天,我去北京了,一个身穿白衬衣的文学小爬虫爬上了东去北上的列车。我至今仍然后怕,如果我去不了北京的话,就会留在废都上大学,这是一个在文学上除了体制化就一无所有的地方,我会成为"农民小说"和"黄土诗歌"的三孙子吗?这完全可能,尽管我的南方血统和城市出身与之有着天然的敌意,在秦俑土色的眼珠里我也绝不是亲切的……

你以为我是自个儿的爹

舒婷是我最早读到的朦胧诗人,在体制内诗歌的环境里读到她,确实给我不同凡响的感觉,与她同时读到的还有傅天琳,她写一位幼儿园小阿姨的诗给我留下了挥之不去的印象。那时我读高一,她们的诗教会我懂得最基本最常态的美。大学毕业分回西安的时候,我和北京诗人西川有过几回合的通信交往,他在信中问我前几年北外有个叫伊沙的诗写得很女性化是不是我,我回信说大概是吧但我不是北外的而是北师大的,我还在信中告诉他说:我在大学前期的诗确实很女性化因为深受舒婷傅天琳的影响。近 10 年后,在"盘峰论争"中,为了斗争的需要西川把我当年的信拿出来说事儿,说我受过舒婷、傅天琳的影响——好像是什么罪证？他以为将之公布出来就可以打击我——这怎么可能?！将一个人生命中的一段真实经历写出来就可以打击了这个人?！对我来说这是随时可以写出来也正准备写出来的东西（只不过对非诗类的文字我宁愿等待时机），西川替我先把它说出来也很好。但我太熟悉西川这类"知识分子"的趣味和心理了，所以我在《究竟谁疯了》一文中对这位深受李白、惠特曼、聂鲁达、庞德、博尔赫斯交叉影响的北京诗人做了毫不留情的反击。

比舒婷、傅天琳稍晚，我读到了顾城，顾城令我惊讶不已继而深深迷恋，他教我懂得什么是一个现代诗人的基本才情（在顾城那里已经到了四溢的程度）：意象方面——"没有目的/在蓝天中荡漾/让阳光的瀑布/洗黑我的皮肤"、"时间的马/累倒了/黄尾的太平鸟/在我的车中做窝"、"太阳烘着地球/像烤着一块面包"。顾城营建意象的才能大概只有北岛才能与之抗衡，后者在天然感与生趣上不及他，后者的优势在于精密和张力。尽管我最终长成了一位口语诗人，但我在开始的时候经受过三年左右的意象训练，作为一个反意象的诗人这是必须经历的一个阶段，指导教师便是顾城和北岛。语感方面——"最后，在纸角上/我还想画下自己/画下一只树熊/他坐在维多利亚深色的丛林里/坐在安安静静的树枝上/发愣"、"只有撕碎那一张张/心爱的白纸/让它们去寻找蝴蝶/让它们从今天消失"、"还需要什么？/手凉凉的，没有手绢/是信么？信？/在那个纸叠的世界里/有一座我们的花园"。显然的，顾城在上引的三段诗句中都使用了韵，但韵在此处已成为不止于韵的东西（请对比食指的作品），不再是韵的机械使用，而是让韵在微妙的语感变化中发挥画龙点睛的作用。"语感"一词在当时的汉语中还没有被发明出来，但它确已存在，于坚、杨黎、周伦佑就发明权的问题大概还有一场官司要打。请看于坚的口语诗中语感所呈现的样子："大街拥挤的年代你一个人去了新疆/到开阔地走走也好/在人群中你其貌不扬"、"你皮肤白 我脸膛黑/太阳对我亲 对你疏/我们坐在南方的一家旅店/一见如故/像两个杀人犯 一见如故"、"晚饭的时间到了/丁当 你的名字真响亮/今天我没带钱/下回我请你去顺城街/吃过桥米线"。语感在于坚的诗中是以"说话"的状态体现的,韵的使用(转韵及在同一行诗中用韵)更加灵活,语感内在的变化更加奥妙更加丰富。我在此提早提到了于坚只是为了供认:被称为"尚持有无比锋利的语感和一流的语言天赋"(逸子语)的我在语感方面从顾城那里从于坚那里偷来了什么? 我的语感是他俩语感的混杂影响及我自身特点的体现:"结结巴巴我的命/我的命里没没没有鬼/你们瞧瞧瞧我/一脸无所谓"、"但我吃遍世上的馆子/仍然怀念一碗红烧肉/但我逛完天下的窑子/最爱是您生养的丫头"、"我们在暮色中抵达矿区/谈论着我们想像中/煤矿工人的非人生活/不知道这里的生活/也是火热的 在我们看见/电线杆上那些包治/性病的海报之前"。有心的读者还会发现崔健歌词在其中所生发的作用——我在我硬的部分赋之以重金属的节奏,我在我软的部分赋之以城市民谣的味道,联想起西川在一篇谈话录中声称他正在研究古诗的韵律,真是把我笑煞!几年前,柯平在一封来信中建议我多研究一下宋词的语感,我在心里说:不必了,中国现代诗语感的最高成就已经被我窃取在手、创造发挥……

我下一个要去偷的诗人是北岛,对北岛我是大偷,是抢银行。我这么说吧,真正对我作为一个男人的骨骼的最终发育完成产生过影响的同胞是:诗人北岛、评论家刘晓波和音乐家崔健。我在中学时就读过北岛的两首诗,其中一首就被我记住了:《菩萨》。我全面阅读北岛的诗是在大学以后,读了北岛的诗才知道什么是朦胧诗。

初读北岛时我有一种改天换地的感觉，我相信没有北岛的诗，北京80年代的天空绝没有那么高蓝。一个"文学少年"外加中文系大学生的文学理想和文学观念遭到了迎头痛击，被击得粉碎！因为北岛，我开始思考诗人存在的意义。在北岛那里，我不光读到了充盈的才情和精良的手艺，我读到了一个伟大男人的内心。10多年后陈凯歌在成都告诉我的故事证实了我由阅读开始的对这个男人的信任与期待都没有落空，10多年后我读他台湾版的散文集《蓝房子》的感受一如当年！而在当年，读罢北岛我有一种灵魂出窍的感觉——我有那玩意儿！它在我乱七八糟的皮囊里！北岛于我唤醒的是灵魂。我不是要在哈维尔和米兰·昆德拉之间制造二元对立，但我知道不论你选择那个元，都要做到彻底和始终如一，在先辈面前，我只有惭愧莫名！北岛无疑是20世纪最伟大的中国诗人，对他的成就和已经取得的一切以及将会取得的一切，我放弃作为同行的嫉妒，对于他去国后创作上的失重我没有兴趣窃窃私语。因为我知道至高的荣誉是给予他不凡的经历和艺术颠峰的——对此我没法嫉妒。我在北岛那里偷到了足够多的东西，然后走了。

1985年，于坚和韩东在《新诗潮诗集》下册露面时，寥寥几首并未唤起我的注意；1986年，他们淹没在"两报大展"拥挤不堪的版面中，甚至不如那些标新立异的名号（什么"三角猫"等等）更出风头。直到1988年，我在一次真情实感的阅读中认识了他们：于坚的《作品第39号》和韩东的《我们的朋友》。我在我肮脏的宿舍中读着他们，我只有深深的感动，感到诗歌原来是这样一种近在眼前的东西，伸手可及，与人类最普通的情感和最具体的生存紧密相连。我手写我口，我说故我写。当时口语诗已在全国泛滥，口水飞溅诗坛，我喜欢他们并不单纯因为他们写的是口语，而是以他们二人为代表的一批的成熟的口语诗人开阔了现代汉诗的空间，把一批真正富有生命力和艺术才华的诗人从词语堆和意象群中解放出来。朦胧诗的方式一直让我有"做诗"的感觉，我知道那不是适合我的诗歌方式，我看到三年来我一直在寻找的一种方式已经有人成熟地做了出来。我以为是韩东建树了口语诗最早的一套规则（尽管是王小龙更早并且城市色彩更重），这套规则使我在 1988 年的 6 月一夜之间进入了口语化的写作———一种更利于我自由发挥的写作，韩东教会我进入日常生活的基本方式和控制力，于坚让我看到了自由和个人创造的广大空间。可以说，韩、于是最终领我入门的"师傅"。稍后，我还从李亚伟那里偷到了一种愤怒与忧伤交相混杂的情绪，其实，李亚伟是我更为心仪的诗人，他在某一方面流露的才情令我绝望———幸好，它没有构成李亚伟的整体并贯穿下去，否则，我后来的写作就没必要存在。1994 年，诗评家李震曾问我一个问题："你最怕的对手是谁？"本来这个问题的提出就足以让人吃惊了，我却毫不犹豫地回答："李亚伟！"我偷到了丁当的虚无与洒脱，偷到了默默坏孩子的顽皮与智慧，偷到了杨黎语言的陌生化效果，偷到了王寅招人喜欢也十分必要的优雅，偷到了王小龙的城市感觉和哲学背景，偷到了柯平的江南才子气……80 年代，自朦胧诗后具有进步写作倾向的第三代诗人中的佼佼者，被我偷遍了……

严力是我生命中的"贵人"。在朦胧中我有一种很自恋的感觉：严力在纽约办《一行》，最初几期他好像一直在等着什么，他在等我给他投稿，他在等待着在一堆稿件中把我发现。我大学毕业前的第一次投稿就被刊登了，第二次寄去诗后他给我回了一封长信，在信中他用肯定的语气说："不出几年，你就会写出来的……"接到这封信时我已分回了西安，正在陆军学院接受军训，黄昏时我在大礼堂外白色的台阶上反复读他的信，心中有些潮湿。我创作生涯中所需要的一些标志性的话几乎都是被严力说出的，他说："你已经找到了自己的方式,下一步就是用更多的作品来加强它的问题。"他说:"你的诗不看名字我也能认得出来。这是一个成熟画家应该达到的境界。读你的诗是一种很好的休息。"严力给了我许多实质性的帮助,我的最初影响的产生全仗《一行》,也给了我许多有益的教诲,更重要的是,他整体的创作给予我的一次重要输血,他是1988年我真正进入诗歌写作以后还能够对我产生影响的惟一一位中国当代诗人,没有严力的影响,我不会懂得应该与日常现实拉开适当的距离,充满现实的质感同时又具有超现实的意味,诗人李岩读了我在"盘峰论争"中的文章,他说他发现"日常"不是我与"知识分子"开战的武器,我说当然不是我的武器因为"日常"不是我的目的。在我眼里,严力是中国现代诗的另一源头(如果把北岛视为一个源头的话)——是与中国传统诗歌情趣迥异的"另类诗歌"的源头,我以为严力——于坚、韩东——我,构成了中国"另类诗歌"的一个谱系。1994年,我和严力还有过一次合作——大家都面对同样的材料来共同完成一部碎片式的长诗,我称之为"男子双打",严力称之为"现代对诗",它既是我们友谊的见证,也记下了严力诗歌对于我的激发和影响。另外,我还想说明,我到目前为止的长诗理念完全得自于严力最早在汉语中实践的碎片式长诗——"诗句系列"

> 严力:再为诗送葬一个世纪
>
>   也用不完我手中的悼词
>
> 伊沙:再把诗拷贝一万遍
>
>   也用不完我手中的传单
>
> 严力:我的同胞终于在他们哭过很久的地方
>
>   开始造盐
>
> 伊沙:欲哭无泪

　　　　　我的同胞将盐大把地撒入水

严力：放心地躺下吧

　　　　　坟墓是上帝的子宫

伊沙：放心地出来吧

　　　　　子宫的下界是坟墓

严力：在你搬走了炉台的上方

　　　　　我的锅依然悬在那里沸腾不已

伊沙：在你砍掉了脑袋的下方

　　　　　我的身躯依然耸峙是一座活火山

严力：在古城墙下

　　　　　蟋蟀王的后代还在守卫皇宫

伊沙：在护城河边

　　　　　蟋蟀王的孙女疯狂叫卖

严力：面临爱情的首次表白

　　　　　你会感到满嘴出汗

伊沙：聆听爱情的首次表白

　　　　　你会感到耳朵转筋

严力：我无所谓筹码漂亮与否

　　　　　我只在乎筹码在赌桌上的高矮

伊沙：当金砖成为赌桌上的筹码时

　　　　　赌徒之心已不在赌

严力：人类是人类的遗迹

伊沙：语言是语言的悼词

严力：我们无法测量

　　　　　太阳离我们脑袋里的地面有多远

伊沙：我们无法测量

　　　　　人体汗毛孔中灰尘的储量
　　　严力：失恋是一种充满了各种维生素的苦恼
　　　伊沙：失恋是冷饮店不出售双色冰激凌的夏天

　　我曾在一首叫《名片》的双行诗中写道："你是某某人的女婿/我是我自个儿的爹。"你以为我真的是自个儿的爹吗？一个没有父亲没有兄长的人？不，不……我和侯马、徐江（这两位与我同届毕业于北师大的诗人）说："我们是没有师兄的人。"——是在说我们没有母校意义上的诗歌传统，也得不到来自师兄的提携与帮助。没有师兄，并不等于没有兄长，至少对我是如此，一所学校的诗歌传统是什么？狗屁！今天我写下他们，供出了我哥我姐，旨在说明：我从来不是有些小孩传说中的天才，也不属于某些论者所说的"横空出世"。我是我自我设计自我教育的结果，而且这种设计与教育也充满问题。我也从来不是某些人印象中的那种大无畏的人，而且恰恰相反，从诗歌上说，当年我小心翼翼地把自己放入文明的序列——诗歌史可能的一个位置上，我用我已经掌握的知识和阅读经验在一开始就为自己选择了一条"正确"的道路，1988 年，徐敬亚指出："以非非主义、他们为代表的后现代主义倾向"，我当时想：倾向也就是倾向而已。燎原在 10 年后（1998 年）的判断："从那次'两报'诗歌大展开始，中国诗界在现代主义的向度上一直存在着含混的后现代主义情结。"似乎更符合我在当年对徐敬亚那句话的的具体理解。当时我满脑子充满了向前走的意识——先锋意识？从现代挺进到后现代——当时，我想得就是那么简单，而中国的历史及其对应的文化太复杂了，它会一直向前走吗？当年我是在大学生的笔记本上画出了今后 10 年的诗歌创作路线，这太书生气了！太小儿科了！太知识分子了！别人从传统道德和传统审美经验的角度以为我是个"坏孩子"，其实从一开始我就是个乖孩子、好学生，从一开始我就玩了一个大妥协、大下跪，在文明的序列面前寻找体制所不能给予我的安全感，乖得不能再乖而且很会卖乖。难道你们还没有看出来吗？我只敢在小处使性子，在后现代的"正确"路线下犯混！逸子说："伊沙正是从这里出发的，他在'人'与'非人'中间找到一点：坏人。如果你是'人'的，你最后将转回一个人所拥有的那些，而成为一个'大师'。如果你是'非人'的，则任何来自于文明的势力无法同化和融合它。伊沙惟一含混不清的地方在于，他试图成为另一种诗人，一种摆脱'情怀'而不是'人性'的诗人。这样，诗人伊沙手持当代最锐利的武器，跨上当代最迅猛的烈马，却在头脑中装入了最顽固的观念——人。当我们发现他采用当代最猛烈的姿势只不过用来与文明闹着玩的时候，我们迷糊了。"逸子把我看透了，也把我看高了。其实，我从来就没想过要成为"非人"，从来就没有到达过这个意识。"坏人"也是作品刻意留给大伙的一个错觉。认识我的人都会认为我是一个好人，只不过好得还不够。1993 年，周伦佑指认我正在进行的是"一种自觉的'后现代'写作"，这年前后，理论界突然泛起的"后现代热"使很多评论家对我的作品产生了觉悟，从此我的名字就与"后现代"这个词联系在一起，国外汉学界甚至有人指出："中国的后现代诗歌自伊沙始。"可以想像吗？因为这个"热"我这个饱遭拒绝的人竟成了青年诗人（包括许多"第三代"的重将）中被评论最多的人，原因就在这个"热"，原因就在这个"后"，他们借我的诗可以说他认为时髦的话——"后现代"真成了一种学术时髦，一种文化的"庞然大物"。但在 90 年代的中国，一个诗人不"借"点儿什么就真的能"成"吗？谁又不想"借"点儿什么？闹来闹去的"知识分子"是怎么回事？我不是在替自己辩护，我也不想为自己辩护，真相是我自己说出的，这皮是我自己扒下来的！当年我在西安南郊的一间小屋里从报刊和远方朋友的来信中看到自己被说来说去,真是快感至极!真让我得呈了!我在1988年的口号是"从于坚、韩东走向后现代",看来正确的路线是革命成功的有力保障啊!谁说过的?当年我和已故诗人胡宽有些交往,读了他的诗,我两次推荐给严力而未果,读了他的诗,我在心里做出过如下判断:就算今天不被承认我也有终被追认的一天,因为我在文明的序列里,因为总有人不那么无知,就算这也落空,还有明天的诗人也会像我干过的这么干,还有明天的读者也会像我想过的这么想。而胡宽太乱了!自身的乱和与文明的序列无法对接的乱,我以为他永无被追认的一天!我没有告诉他我的冷酷想法,我更没有想到他会死。人死了,这种冷酷的判断无法验证了,连金口难开的唐晓渡都说:"胡宽是 XX 的惠特曼和内陷的金斯堡。"说过了就说过了,此后诗选该怎么编还是怎么编,秩序该怎么排还是怎么排,管你妈的什么惠特曼还是金斯堡呢!胡宽的死是一种悲剧,其实海子也是,抬棺游行的人最后想杀死他。也许活下去更可怕,活下去就得自己想办法。我看到燎原评论我说:"伊沙的诗具有上述后现代主义的典型特征,他诗歌中对诸如爱滋病、少年犯、弃婴、监牢、足球流氓、同行恋者、吸毒犯、丐帮等恶俗形态的取材……"我的脸红了!为了用"后"的样子"媚"一下,我动用了多少乱七八糟的小零碎啊!这种"扮酷""装屎"的矫作对我诗歌的负面作用及其伤害,只有我自己心里最清楚……

杀死自己的三个孩子

我有三首被外界认为是"代表作"的东西。"代表作"能不能代表一个作家或诗人,我一直对此抱有怀疑。比如说,《回答》、《一切》能不能够代表北岛的高度?《致橡树》、《祖国,我亲爱的祖国》能不能够代表舒婷的高度?《我是一个任性的孩子》、《生命幻想曲》能不能够代表顾城的高度? 答案肯定是否定的。那几首所谓"代表作"不过是他们流传较广的诗而已。再比如,《还给我》能否代表严力的主体?《0档案》能否代表于坚的主体?《有关大雁塔》能否代表韩东的主体? 答案仍然是否定的。这几首"代表作"是他们主体风格之外的偶然结果。既然"代表作"代表不了一个诗人,我为什么还要把它们端出来解剖? 我想仅仅是满足读者的方便。我自认的"代表作"读者不一定认。而读者认可的"代表作"则恰恰可能包藏着创作者动过的邪念和使过的手段。现在我扒下自己的皮还要亲手杀死自己的三个孩子,快哉? 痛哉?

车过黄河

列车正经过黄河

我正在厕所小便

我深知这不该

我 应该坐在窗前

或站在车门旁边

左手叉腰

右手作眉檐

眺望 像个伟人

至少像个诗人

想点河上的事情

或历史的陈帐

那时人们都在眺望

我在厕所里

时间很长
现在这时间属于我
我等了一天一夜
只一泡尿功夫
黄河已经流远

（1988）

这首写于大四,在我女朋友宿舍完成的诗作完全是对韩东那首《有关大雁塔》的仿写。韩东写道:"有关大雁塔/我们又能知道些什么/有很多人从远方赶来/为了爬上去/做一次英雄/也有的还来第二次/或者更多/那些不得意的人们/那些发福的人们/统统爬上去/做一做英雄/然后下来/走进下面的大街/转眼就不见了/也有有种的往下跳/在台阶上开一朵红花/那就真的成了英雄——/当代英雄//有关大雁塔/我又能知道些什么/我们爬上去/看看四周的风景/然后再下来"。我把韩东的"大雁塔"置换成了我的"黄河",这也不算多大的灵感,因为当时在各大学中正在盛行"《河殇》热"。但这个纯系偶然的置换却让我得了利,作为解构对象,"黄河"似乎比"大雁塔"更有价值更有意义。还有那一泡恶尿——我用身体语言代替了韩东的诗人语言(我得声明:此点无错)。灵感来自那年夏天,从西安到北京的列车经过黄河时我正在厕所泻肚,一泡尿的灵感来自一泡屎。我的创作总是这样,一旦在案头运作时就问题多多,破绽百出,一旦回到身体就变得坚挺有力、酣畅淋漓。选择"黄河"的文人气和一泡恶尿撒出去的爽组成了我的大学习作《车过黄河》,败一半成一半本来可以五五开,但因有一个具体而又明显的摹本存在它也只能三七开,一首失败之作。

饿死诗人

那样轻松的　你们

开始复述农业

耕作的事宜以及

春来秋去

挥汗如雨　收获麦子

你们以为麦粒就是你们

为女人迸溅的泪滴吗

麦芒就像你们贴在腮帮上的

猪鬃般柔软吗

你们拥挤在流浪之路的那一年

北方的麦子自个儿长大了

它们挥舞着一弯弯

阳光之镰

割断麦杆　自己的脖子

割断与土地最后的联系

成全了你们

诗人们已经吃饱了

一望无边的麦田

在他们腹中香气弥漫

城市中最伟大的懒汉

做了诗歌中光荣的农夫

麦子　以阳光和雨水的名义

我呼吁:饿死他们

狗日的诗人

首先饿死我

一个用墨水污染土地的帮凶

一个艺术世界的杂种

　　　　　　（1990）

　　这大概是我到目前为止影响最广的一首诗，"饿死诗人"几乎已
成为当代成语。但它又是我最不忍回读的诗之一。有一次去北京，
青年诗人沈浩波提到并指出他喜欢我的另一首诗《刺杀萨达姆》，我
说那首诗已被我抛弃了，因为形式上的问题。《饿死诗人》也是这方
面的问题。怎么说呢？从读者的角度回读它的时候，我能听出一个
"男中音"（浑厚有力，标准极了！）贯穿了它的始终。所谓"男中音"
肯定来自有公共发音标准的"美声唱法"，或者说它属于话剧演员和
新闻播音员的声音，属于一种标准的新华社播音法。那声音肯定不
属于我个人——"麦子 以阳光和雨水的名义/我呼吁……"——这
种腔调像职业演说家，我真是厌恶极了！它怎么可能是由我的嗓子
发出来的？！在大型的朗诵会上，这是一首可以放声朗诵并能取得
良好效果的诗，这也证明了它的失败。能够在诗中产生这样一种
"男中音"，还是因为在诗人的意识里有登高一呼的"代言"意识在作
怪。我早年所受的朦胧诗（意象诗）教育在这首诗中留下了不干净
的痕迹，譬如："你们以为麦粒就是你们/为女人迸溅的泪滴吗/麦芒
就像你们贴在腮帮上的/猪鬃般柔软吗"再比如："北方的麦子自个
儿长大了/它们挥舞着一弯弯/阳光之镰/割断麦杆 自己的脖子"，又
比如："一望无边的麦田/在他们腹中香气弥漫"公平地说，形象蒙太
奇的意想对位，通感的运用都不可谓不精巧，不可谓没有才华，但这

并不是我才华施展的方向,意象诗与口语诗能够兼容吗？我认为不可以。所以《饿死诗人》中出现了这些,只是一些不干净的痕迹。意象诗的影响导致我在 1990 年前后的诗作时有"夹生",像《饿死诗人》、《刺杀萨达姆》正属此类。当年,我喊"饿死诗人"针对的是海子之死掀起的麦地狂潮,后来批评家与读者读出了它对时代的命名意义(我本来无意如此),这当然不是误读,我说出了"饿死诗人"的内在逻辑。总之,也许一首问题多多(对诗人而言)的诗更能得到读者的喜欢,因为所有的问题都是传统的问题,他们就是喜欢有问题的传统。

结结巴巴

结结巴巴我的嘴

二二二等残废

咬不住我狂狂狂奔的思维

还有我的腿

你们四处流流流淌的口水

散着霉味

我我我的肺

多么劳累

我要突突突围

你们莫莫莫名其妙

的节奏

急待突围

我我我的

我的机枪点点点射般

的语言

充满快慰

结结巴巴我的命

我的命里没没没有鬼

你们瞧瞧瞧我

一脸无所谓

（1991）

　　与《车过黄河》、《饿死诗人》相比，《结结巴巴》要更完整更成熟
一些，也令我稍稍满意一些。它作为文本的独一无二和不可复制性
已达到新诗史上的顶峰，事实如此，这无须论证。我几乎是在完成
了这首诗的同时就意识到了这一点的，长久以来，它让我得意洋洋。
我是在下班回家的自行车上来了灵感的，我从第三代诗人那里学到
的高度的语言意识（韩东名言："诗到语言为止"）终于涨破了，一个
极端的灵感的产生宣告了我是这个时期的终结者。用结巴的语言
写一首关于结巴的诗，也许是我生命中最重要的一件事。于坚在第
二年完成了他的长诗《0 档案》，我在《大家》上读到它时已经更晚，
我没有感受到许多先锋批评家所表现出的兴奋，因为我觉得于坚的
语言实验意识已经落伍了，还属于第三代在 80 年代中后期所玩的那
一套：把语言搞乱，尝试语言的无限可能性——周伦佑的《自由方
块》就充满了这样的企图，《0 档案》比《自由方块》更好，只是因为于
坚比周伦佑更具有做诗人的才气，意识上是一样的。还有一件事，
《结结巴巴》和我的其它一些诗在 1992 年《非非》复刊号上发表以
前，周伦佑曾给我写过一封信，他建议我把《结结巴巴》写成一组，并
说这组诗足以让我在诗歌史中占据重要的一席之地，他说他空着版

面等我都可以。我确实辜负了佑兄的好心和美意,我回信说那样做太刻意了,所以不打算做这样的尝试。第三代"实验室中的实验"(我的命名)其实是书斋写作的形式一种,"知识分子写作"和"中年写作"是代表保守与反动的另一种,我与二者一起说了拜拜。我好像是在自卖自夸,其实有些问题,只有自己心里最清楚,你不说出来别人也不会看出来,所以自我批判对一个诚实的人来说只是自己把问题说出来。《结结巴巴》让我最不舒服的一点是:它太崔健太摇滚歌词化了!这种节奏感,这种 EI 声韵。我说崔健是中国最棒的诗人,因为他是歌手所以这句话成立,但如果真的把他视为诗人,这句话难以成立,不信你可以把崔健的歌词当诗读,这些唱出来很好的歌词不过是老实巴交的准格律诗嘛!所以我从崔健那里没有偷到对诗而言有益的东西,除了他的节奏加强了我语感中的力量成分。

与批评者们的真诚对话

在本文的这一部分,我想以非常严肃认真的态度与 10 年来我的批评者做一次真诚对话。他们的"黑材料"我都搜集着,所以有了现在的方便。既然是"严肃"、"认真"、"真诚",我想就不该是一味的唯唯诺诺,或一味的自我辩护,我的反映就不该是预先设定的,具体问题具体对待,是就是是,非就是非。

郑愁予:伊沙诗想锐利,借物抒怀,颇能一击中的,亦具有说理的力量,巧 而不华,隽永有余。惟单砖建筑,榱梁暴露,难藏堂奥,是时下急功邀宠之弊。

伊 沙:感谢郑先生首先给予的鼓励,也感谢给予我的指教。只是我不大懂建筑,而您将诗用建筑做了暗喻,这就有了理解上的问题,单砖不可以建筑? 橡梁不可以暴露? 堂奥是不是一定得藏起来? 回到诗上我反问您。至于说到"急功邀宠","急功"可能有,我信奉"一万年太久,只争朝夕"。"邀宠"怎么说呢? 我想"邀"谁之"宠"? 女孩吗? 一位大陆读者在报纸上是这么说的。另一位大陆读者反驳他说:如果伊沙想讨好女孩的话,干吗不写"面朝大海,春暖花开"(海子名句)? 后者颇获我心,也真是懂行。

尚飞鹏:伊沙,陕西城市诗人的代表,热衷于后现代诗歌的制造工作。他有一篇文章叫《命令你们;为我鼓掌》。看来,城市呆得太久,也得出去走走,看看天,看看地,孤独就会更加纯粹而透明。

伊　沙:飞鹏兄,我先声明一下,我没写过一篇叫《命令你们;为我鼓掌》的文章。你也别把"后现代诗歌"当成汽车零件似的,认为可以"制造"。我很爱旅游,但我以为我在城里出现的问题得在城里解决,跑到农村去看看天,看看地,没什么大用。孤独就是那么一种东西,我孤独了就得找人玩,不会把它憋成"纯粹而透明"状。

丁　当:可以这么说。但是这口真气不能走火入魔。去年西安的伊沙请我一定看看他的作品。我对他说,你的东西要防止走火。他听后很吃惊,他认为丁当作品的伟大之处就在于火。

伊　沙:丁当兄,久违了! 总经理的位置还坐得安稳吗? 当年我不敢像你的同代诗人那样叫你"小丁",可你也别托大啊! 把小弟说得跟追星一族似的,我什么时候一定请你看看我的作品(爱看不看好像才是我的真脾气),而且还说你"伟大"(真要命)? 你们这帮第三代就是不能让我敬着,我一敬你们,你们准保错乱(这是我的历史经验和教训)! 问题是:你不能把你自己当标准。你是有真气,吕德安是欠真气,我是真气乱窜走火入魔。按百晓生的说法,我不是"西毒"欧阳锋吗? 那走火入魔可就成了一种大境界。作为中国诗人，我觉得还是"火"点"魔"点好，我们的血里欠这些。

吕　叶：在这里面伊沙可以说是个特别的例外。在编选过程中，他也是最有争议、分歧最大的一个，但在诗歌界，他似乎已开始走红，开始被某些评论家当作"后现代"在中国的典范进行炒作。尽管伊沙表现出"一脸无所谓"，心中却是暗喜的。伊沙曾为汉语诗歌提供了一些独具个性的写作文本，但最近的创作有些锋芒锐减，有粗制滥造之嫌。这是我们必须提请伊沙注意，并保持必要的清醒，必须冷静对待的。

伊　沙：感谢吕叶兄适时的提醒。你这番话是 1995 年讲的，不知你现在怎么看？马非在当年也是这观点，他在 1999 年编完《我终于理解了你的拒绝》后修正了他的观点。

邱正伦：谁来拯救沦陷中的诗歌，恐怕首要的是拯救诗人的灵魂，重新恢复才子们的血性，这才是问题的症结。如果按戏耍的方式玩味什么后现代主义和解构主义，抬高既简单又贫血的脑袋，推崇所谓伊沙或为汪国真鸣锣开道，这不仅无助于诗歌的自救，相反会使诗歌真正地推向断头台，流尽诗歌的最后一滴血，然后洗白。

伊　沙：正伦兄，我再怎么不是人，也不是"所谓伊沙"，我就是伊沙本身。不论是你或是别的谁，凡把我与汪国真并提者，我认为都是不怀好意的。

李凌云：被加速的时代拉下一段距离的，是一群据说是才情非凡的现代诗人，他们气喘吁吁地追赶着，有人掉队，有人改弦更张，还有位叫伊沙的，骂了一声：狗日的电脑！

伊　沙：在不懂幽默、缺乏起码的现代诗阅读素质的读者面前，我愿意承认我是"被加速的时代拉下一段距离的"。

马永波：你读中国当代的诗歌吗？对所谓后现代你持何见解？

崔　健：我非常不了解后现代，这方面我真的没有发言权。

马永波：是这样，现在有几个写诗的，号称"摇滚诗人"。

崔　健：谁呀？

马永波：好像西安有一个叫伊沙的。

崔　健：伊沙已不是诗人了。

伊　沙：我在骂过崔健之后就不再是诗人而成为批评家了；崔健在骂过我之后就不再是歌手而成为批评家了；马永波在访过崔健之后就不再是诗人而成为记者了——如此而已。

狼　人：胖子伊沙，把唾沫吐在指尖上在邮局领一笔不菲的稿酬……这是伊沙的私生活，更准确说是诗生活，在这个时代表征着一个伪后现代主义者的言不由衷和被人广泛争议的快感。伊沙说："我操后现代他妈！"这使狼人之流汗颜不止。当伊沙一脸恶意地说海子之后出现了海子二世三世时，实际上是在打自己的耳光，因为目前仿伊沙写作成为时髦，苍蝇追逐大便极为形象地印证着伊沙写作的死亡。一江湖医生把脉说："他死于纵欲过度！"

伊　沙：瘦子狼人，我这个言不由衷的伪后现代主义者确实说过"我操后现代他妈"的话，好像是在给你的哥们儿阿翔的信中写的。你们汗颜不止吗？那就请你们继续汗颜不止好了！我指出有海子二世三世存在，你心虚什么？至于仿伊沙写作是否已成为时髦我不知道，但我想我写作的死亡不是因为我有几个仿写者，海子自然也不是。所以我宁可接受"他死于纵欲过度！"的不知所云。

广　子：作为一个间断性的刊物，本卷《坚持》的诗歌部分首先拒绝了女性作者，这多少有些残酷和无情。其次是伊沙的作品。前者是因为她们（指已寄来作品的女性作者）没能写出让我们满意的诗歌或女性诗歌，而后者还沉湎于惯性写作及自我模仿之中。但我们并不拒绝女性诗歌和今后的伊沙。

伊　沙：我要感谢广子，不管他说得准确与否，起码都引我回视自己的诗歌。有人喊："狼来了！"不一定马上就来，但我知道狼有随时要来的可能。我也非常欣赏广子的方式，把对某人的拒绝直接写进刊物的前言中，这是光明正大的方式。不像"知识分子"，大小破事都喜欢暗着来。

叶延滨：伊沙的诗是后现代的诗。后现代诗歌可以写得好，可以写得让人读懂，伊沙就是个例子。读不懂后现代的人们，读了伊沙之后，句句明白，但明白之后还说不明白："诗难道可以这么写么？"伊沙的黑色幽默，伊沙的调侃语态，都从另一个侧面展示了我们的生存状态。当然，这里也需要一个"度"，失去节制也就不是伊沙的诗，而是伊沙的侃大山了。

伊　沙：我完全接受叶先生的意见。对于一个比较"放"的诗人，"度"尤其重要，在我心中。

石天河：……我顺便要谈到你们第三期上，以伊沙的《哀哉屈子》作头条，我感到，这会使读者一看就产生一个印象，以为你们又是一家"搞怪"的刊物。伊沙这个青年诗人，在"第三代诗人"中，与于坚等人不同，他喜欢用粗鄙语言入诗，因而有"四大痞子"之一的名声，他的诗，如《饿死诗人》，显得有真情，有激愤，因而近年曾获得一些好评。但他的诗，如何评价，还是存在问题的。如果就这样"粗鄙"下去，不消多久，人们便会厌倦。而且，这首《哀哉屈子》里面，竟然说屈原是"以做娼妓的满腹辛酸"云云，这除了矫作的"反传统"狂怪姿态以外，就只是哗众取宠，根本不是"前卫"精神。我前些时，看到《台湾诗学季刊》上，台湾的一位诗评家批评于坚的《0档案》说"前卫就是搞怪"。伊沙也类似，并且，有过之无不及。所以我以为不应过分高估这样的诗,它根本谈不上艺术。

　　伊　沙:石老前辈,在此我只想与您沟通一点,也只是向您交代一个事实,把屈原比作一个娼妓不完全是我的发明(如果是的话我足以堪称"伟大"),而是从司马迁那儿偷来的,司马迁没有具体说屈原,说的是你我,说的是读书人全体,他被骗了,然后成为最有力量的人。他这么说只是为了"反传统"、"狂怪姿态"、"哗众取宠"? 至于我不过是在传统中取了它不多的一点好东西罢了。

　　沈　奇:当然,就作品而言,我们可以在深入探究之中发现许多远未成熟和完善之处,比如缺少必要的控制和加强,缺乏对"诗艺完美"的难度追求,过于偏重叙述性语言且大多是线性地展开,缺少意象的点染和层面的深入,造成一些作品显得太随便粗鄙,一些作品感觉平面和直露,而总体的艺术效应则总是多于轰击而少于渗透,加之几乎完全放弃了诗歌语言特具的音乐性,弄不好就会掉进"一次性消费"之陷阱(这便是我前面说的"铤而走险",其深层的理论问题,有待另文探讨),而对于诗这种"文学中的文学"来讲,则是最本质性的偏移和失误……。

　　伊　沙:沈兄,一起度过了很多年,很多观念现在都该重新另说了对吧? 我们经常讨论的……

　　逸　子:伊沙在一开始就陷入了本身选择的局限。这一局限成就了他的猛烈、骄横,也造成了他无法从语感逃离的结果。一个坏孩子所做的一切最终将成为文明的一块伤疤,伊沙连同他的聪明一起清晰地呈现在我们面前,伊沙＝文明的轻伤。伊沙在人与非人之间的选位造成了一些人的喝彩,这是对其聪明的承认,也是对其不彻底的承认。

　　伊　沙:逸子,你小子那双咪咪眼儿也太他妈毒了! 我无话可说。

于　坚：在伊沙的非道德化写作中，令人印象深刻的是他对既定价值的怀疑和否定，而不是他对语言的攻击。他是一个更倾向于说什么而不在乎如何说的作者，他的作品不是在能指的向度而是在所指的向度上展开的。他愤怒攻击的不是诗，而是志。因此，他的貌似激进的反传统姿态恰恰与传统的"诗言志"吻合。他的许多诗都有现代箴言的特征。这种写作也有着某些危险的致命因素，说什么的诗人，如果激情得不到（语言的或修辞手段的）有效控制，很可能就会成为如歌德指出的那类"被扣押的议会发言"。

伊　沙：于师傅（你不要笑），你说我不攻击语言，这好像不符合你一直挂在嘴边的"柔软"，诗人和语言之间的关系是不是应该更"柔软"（与生存的关系相比）？我知道你是在说我的诗没有把语言"搞乱"，像《0档案》那样。我太熟悉你们"老三代"谈诗的语码：说什么——如何说，所指——能指，诗言志——诗言诗，前者都属于层次较低的一类，于师傅是在说我等而下之。我只想反过来问你一句：我的"说什么"用贺敬之的"如何说"能不能"说"出来？我的"说什么"用北岛的"如何说"能不能"说"出来？我的"说什么"用于坚的"如何说"能不能"说"出来？如果回答是否定的，你就可以明白我的"说什么"是我的"如何说"发挥了作用。什么是"被扣押的议会发言"？我不懂。请教饱读经书的秦巴子，也说不懂。但我知道，我在对修辞的认识、对传统的理解和对说法（理论？）的信任程度上与于师傅出现了较大分野。因为十年前诗歌上的师徒关系，这也是我乐意看到的局面，如果我还有救，那么迟早有一天，我会与我把自己安放其中的"文明的序列"一刀两断！下面的话可能多余，因为是昨日的弟子评点今天的师傅：于坚太爱自己了！他真爱的只是自己的诗。他人只是他阅读上的酌情搭配而已,比如他喜欢张爱玲,他喜欢周作人而批判周树人,他喜欢吕德安、杨键、朱文,都是比他本人更"柔软"的阅读对象,一如男人喜欢女人。所以我从不信任于坚的评论,因为在他的评论里,经常是作为狮子的同行没有作为阅读对象的羚羊更有力(因为没有后者美丽)!

看来,这个对话并不成功,至少从某个角度来说是如此。能够让我完全接受的意见并不多——从这一点上说我自己做到了"真诚"。而从文章的结构上说,这一部分似乎失去了存在的合理性,本来你就是来做自我批判的,可连别人的意见你都接受不了。但我以为自我批判不是"戏",自我批判者也不是"戏子",我该警惕的是这样一种矫情——你说我是屎,我就说我是厕所,怎么样? 我对自己够狠因而够境界吧?

我在"盘峰论争"中的邪念

在我看来一个诗人应该是由"自然之子"和"文明之子"这两重构成的,这两重之间的平衡关系将决定一位诗人的存在。一旦平衡关系失去,他(她)的存在就会出现危机,最直观的例子是顾城和海子,作为"自然之子"的强和作为"文明之子"的弱导致了他们的悲剧。诗歌写作更需要天才(对比小说和散文),你在这个行业中浸泡越深便越会发现,这几乎已成为大家的共识。如前文所列,我 17 岁的诗和顾城 14 岁的诗搁在一起比较,我应该被宣判死刑立即执行,白痴一个,还玩什么玩啊! 但问题是什么是天才? 一个人在 14 岁或 17 岁时所显示的才华才叫天才吗? 没那么简单。14 岁的顾城已经有了"文明之子"的那重身份(他已系统地读了洛尔迦、惠特曼、艾略

205

卷
D
·
自赏自析

特），而17岁的我几乎没有这一重身份（我甚至没读过北岛和顾城本人）。所以，天才不是"天生此才"，它是"文明之子"反复作用于"自然之子"的结果。我愿意和顾城去比双方都写于25岁时的诗，我更敢去比双方都写于30岁时的诗。这是我存在（写下去）的内心依据。我确实发现了自己身上别人无法复制的那部分才华——这就叫"天才"。比如《结结巴巴》为什么是被我写出？既偶然又必然。与此同时，我也确实发现了自身存在的致命缺陷；我的语言飞翔感太差了！而我又对一种"天马行空"的境界心向往之（李白《梦游天姥吟留别》、《将进酒》，金斯堡《嚎叫》、《美国》），这便构成了我写作时的一种痛苦，别人无法知道，你写不出你想要的那种效果。这可能缘于我思维的跳跃能力天生就差，也可能因为我的写作是更强调方向感的写作（语言过于集中的被推向某个方位）。正如才华不是绝对的天生，问题也不是绝对天生的问题，我相信它有终被克服的一日，我相信我作为"文明之子"的那一重仍会起作用。

无才不写诗。由于对自身（才华）的确信，而且没有丧失自省的冷静，我就没有去做职业的混子。本来事情是简单的，你写完你的东西就什么都不用管，如果它真是好东西那被人认识是迟早的问题。有时我也很虚无，因为看到最终决定一切的东西是什么，而且有一个铁规律：越晚被承认的东西就越是好东西。我从自己作品的处境中也看到了某种迹象，它在短期之内想得到公认已无可能，那是不是就能得到一个更好的未来呢？有一次，面对友人南嫫的称赞我回答说："不论多少，我的作品给我的将来存了一笔钱。"虚无是一种轻松，它暗藏力量，也能为自己赢得专注。可我又是这么矛盾的一个人，看到一批才华平庸者竟能仰仗混子的本事在所谓的"诗坛"上混成个人模狗样来，我就心里着急：一个诗人死了，一批自称是他的朋友的人竟能从此变得重要起来；靠跟名诗人搞对话、做名诗人的小兄弟的混法竟然还能奏效；北京那个地方会和饭局像屎一样多，经常露面也能混出个名堂来；还有一种混法：互相吹捧，一块出名……而我在外省老实待着，孤身一人，只写不说，不是很被动吗？无异于自剁手脚的被动！如果想混，咱也不笨，秦巴子曾有微词曰："过于精明"。往上走我也想通了，往下走我也想通了，明白了大道理还要当小混混，我的矛盾就在于我也是凡身肉胎并且欲望健全。有一年，台湾《秋水》诗刊组团来大陆庆祝他们创刊廿周年，有一站在西安，我应邀去了，这是一帮由妇女中的诗歌爱好者所组成的诗社……也许是那个场面真的刺激了我，后来在另一个场合，我把此事讲给我的一个朋友听，讲完后我总结说："既然写了诗，我就不能允许我老的时候是这副样子。"朋友未作反应，像在沉思。朋友的太太心直口快，只笑我俗。第二年，朋友的太太刚去深圳就抛弃了我的朋友，转嫁一位老板，她也够俗的。谁笑谁啊，这年头。我是一点一点地变成了一个业余混子的，先学会操作，再学会炒作，逮着机会，就让自己热闹一下。有了条件，就像我几年前指责于坚的那样："频频窜向北京。"上个月在北京的一个酒吧里，何小竹刚要把我介绍给一位北京诗人，这位北京诗人马上说："认识，认识。老来，老来。"颇不耐烦的样子，把我也逗乐了。正是这位北京诗人曾对我说过："北京是大家的北京，谁都可以来。"他还说："在外省就是需要折腾，但在北京不用。"北京诗人折腾得还少啊?！我难以忘怀的是他那种北京人的口气。

　　给食指送奖是我炒作史上的得意之笔。我为什么得意？在这坏人居多的"诗坛"上，做善事也是要遭议论的。本来这是一件食指高兴（这是首要的）、老板（出钱者）愿意、杂志获益、结果给那段时间的"食指热"起到了增温作用反过来又促销了食指诗集(自费出版)的一件大好事。作为策划者我享受了它的完美无缺。但仍然遭致颇多的不良议论,他们认为我是在炒作自己,此事有助于我改变我的流氓形象——我在事前想到了,但我不是为了私人目的才来做这件事的。让我感到得意的是:坏人们在这件好事面前,有屁只能在裤裆里放。如果我这也叫"精明",那还是"精明"一点好。

而在此我更愿意向大家汇报的是我在"盘峰论争"中的种种邪念、心机、算度、设计、策略、谋划以及招式、技巧。其中有很多生动有趣的东西。

1999 年 4 月 16 日早晨在北京保利大厦门口等车的时候,我并不知道有架要吵。那天下午,在平谷"盘峰会议"上,当王家新的发言《知识分子写作何罪之有?》结束之后,我知道必须参加战斗了,以战士的身份。我在第二天上午的发言中有针对王家新的部分,但从总体上看那更像是一个完整的发言而不像"吵架"。我真正的吵架姿态是在第二天下午针对唐晓渡的。唐晓渡的发言大大出乎了于坚的预料,于坚以为以唐晓渡的身份他会来一番"高屋建瓴"加"各打五十大板"。也许本来是想如此,但在于坚和我的发言之后,"知识分子"败局已定的态势也出乎他的预料。他是来替不争气的"知识分子"翻盘的。当时于坚和唐晓渡僵在一句话上,作为本方"副将",我只有挺身而出,这是"团队精神"。而从个人风格和表现欲来说,我愿意和对方"主将"会一会,我想别说唐晓渡,就是他们 8 个人(加上跑掉的西川)加起来也不是我的对手。事实也是如此。让人想不通的是唐晓渡!我想他是与"知识分子"有了阶级感情,于坚和我发言时,他为什么面色惨白地坐在那里?

会开完了,我以为也就完了。过过嘴瘾、意气风发一下而已。

以至于《北京文学》来组笔仗稿时，我表现得相当被动，我说："就让他们先骂吧！他们在会上受了气。"于坚也很被动。反倒是受了邀请却没有到会的韩东表现得十分积极，他在电话中对我说："要搞，一定要搞！"还说："过了这个村就没这个店了。"于是，就都写了。在这一轮对方主场的交战中，韩东一人就给了对方足够的打击，他将"知识分子写作"命名为"读者写作"，将他们90年代的表现称之为"老诗人新成名"。也正是在这一轮中，唐晓渡留下了写给谢友顺的一封信，西川留下了他悔之晚矣的文章。

　　我在《中国图书商报》的战事中单挑程光炜和西渡，打击对象仍然是唐晓渡。打击对方主帅仍然是我的战略。让我感到不过瘾的是，唐晓渡始终不作正面回应。据一位知识分子诗人私下透露说，他们的战略是："围攻于坚，不提伊沙"，目的是不让伊沙出名。80年代的老诗人总有一种错误的幻觉，以为他们比90年代的新诗人更有名，你以为你在这个"坛"上混得时间长就更有名吗？你们可以打听打听，伊沙骂唐晓渡、西川是借他们出名还是帮他们出名？我必须承认：他们知我甚深——我在这儿兴致勃勃地搅来搅去不就是为了图个乐子出个风头成把俗名吗？也许西川君还是愿意成全我，他在文章中违反组织原则地提到了我，使我顺理成章地找到了下一个符合我战略的打击对象。西川也是"聪明反被聪明误"，"盘峰会议"上扮演"超人"又扮不彻底，会后忽变杀手，又杀不了人，还误伤自己。西川，我的文章也该你受着，你在拿我开刀的时候，我正在文章中写："'后朦胧诗'的集大成者（也是惟一的真正的个人的知识分子写作者）西川，已在文化的意义上略现'大师'的征候。"不光是我，正被你开刀的于坚、徐江也在他们各自的论争文章中高度肯定了你的诗，我们都很傻B是不是？所以在道义上你也拿不到分数，本来你不是诗歌界的道德化身吗?

打击主将,点其死穴,激怒对手,拒绝学术八股,这便是我在此次论争中的战略方针。对于后两点,于坚等人与我有过分歧。但结果证明我是对的,就像在足球场上一样,激怒对手是为了逼其犯规,学术八股是他们一贯的方式,你用此跟他们玩就等于用糨糊桶砸在糨糊桶上。于坚不理西渡的挑衅是对的,他拎着一桶糨糊来你就不要理他。我的方式奏效了,他们(王家新、孙文波、唐晓渡)在《科学时报》"今日生活版"上的文章真是丢尽了人(和西川一样),他们在恼羞成怒中出尽了洋相。"知识分子"是在这一轮宣告了它的失败的,它实际上是自败,是"一击即溃"(韩东语)。

有人说:这是世纪之争,是一场更大范围内文化分化的先兆。有人说:这是朦胧诗论争以来诗歌界最大的一次争论,是真正来自诗歌内部的争论。对"盘峰论争"的意义,我不是真的很关心,只是有时候问自己:在盘峰以及后来,我到底为什么而战? 我骨子里的回答是:生存! 我为自己诗的生存空间而战! 为生存而战就是"圣战"。有人为争霸而战,有人为恩怨而战,我只为生存而战:程光炜那本《岁月的遗照》在"90 年代诗歌"的名目下不收我,成了《北青报》的一条书评,是别人先我感到了奇怪,别人在会上评价了我,他要在会下和别人理论,已经不止一次了;吕德安作为评委之一推荐我为"刘丽安诗歌奖"候选人,同样作为评委之一的臧棣从中阻挠,奚密在北大讲到我,他要站起来跟人理论,也是目击者先我感到了奇怪;作为评论家的唐晓渡、陈超(可视为唐的影子)在他们的表扬稿、总结报告之类的文字中从来不提我的名字,不提就不提呗,也是别人先我感到了奇怪,说那是故意不提,难道我不知道那是故意不提? 尤其是陈超,他不仅是故意不提,他是想骂我,而且已经骂过了,没点名字罢了。作为诗人,我对批评家的逻辑是:你对我没觉悟,你就不权威,甚至不存在……

唉!我的眼里揉满了多少砂子,我的心里堆满了多少垃圾,我的人生充满了多少低级趣味!

我想:就算我真的想把我的诗送到山洞中去,可也得告诉别人那个山洞的方位啊……这是安慰自己的想法。

我想:我不必等到德望高众的时候才去写《随想录》,我可以随时随地蹲下来,点支烟,告诉你我是谁……这是安慰自己的想法。

我想:真正成立的"自我批判"首先应该对本人有用,它对本人来讲,应该是一个手册性质的东西,没事拿出来翻翻,我应该努力做到……这是安慰自己的想法。

一切都已注定了!我怀着目的,带着强烈的冲动,开始了一场新的"文化表演"……心志不高智商有限人格卑微趣味低下的贱人啊,你拦他不住,这25000字的裸奔。

青年的诅咒

在中国文化的语境里,"老"是一个十分可怕的字眼:"你老了"就跟"你死了"差不多是一个意思。"老"意味着此人将重返蒙昧、荒唐和不可理喻。我在更年轻的时候曾目睹过一些老人因为晚年的出言不慎而导致自己声誉受损的(比如艾青对朦胧诗的批判带给自己的那些);也看到了因对年轻人及新生事物一以贯之的推崇(哪怕理解得很不到位)而博取了超出自己实际成就声誉的。"老"真变成了一种不好把握的神秘玩意,我曾在口头上表达过这样一种说法:要提前给自己定好法律,60岁以后不要再对年轻人和新生事物说三道四。甚至我还无比真诚的在一首最终没有成章的诗中写道:"老人的美德就是闭嘴/与年轻人刀枪相见"——也许我在此处应该为年轻人注明:所谓"刀枪"指的是作品。

今天我还在远离60岁的地方,也还没有开始执行那套法律,我还保持着对年轻人及其作品说三道四的权利,我当然知道要以鼓励为主并对有价值的作品才发表看法的常识,所以我对青年的发言还是以"颂歌体"为主,也就是说从外表上看我还不至于被人当作老朽昏聩。我在35岁这一年在所谓的"诗歌江湖"上遭到一小撮青年的伏击是因为在网上对一位并不年轻的诗人说了几句无所谓对错的鼓励话,就事论事本来也论不出个什么来,但有意思的是由此唤起的来自更大范围的敌意、仇视、诋毁和诅咒。年轻人诅咒老人最便捷的方式就是诅咒他死,这些"年轻人"比我这个"老人"其实小不了几岁,可这在中国人看来十分晦气的内容却让我给摊上了,联想起一年前有人在"衡山诗会"上在我的眼皮子底下偷偷在网上发布我的"死讯"——善意的恶作剧,在这个说得过去的幌子底下,在某些当事者的潜意识里,真的什么都没发生过吗?他们在诗歌写作方面可是太缺乏这样的大胆创新了!

为什么是我?是一种偶然吗?是我的仇人多吗?不,不!咒我死者都是我过去名义上的朋友,这就变得更有意思了。如果他们真的认为有人挡了他们的道,那比我个大的挡道者大有人在,为什么要咒我?现在这些年轻人也看出我的一个毛病叫做"自恋",好在这毛病朝内揭示的真相是让他们寝食难安的:谁过去作品的影响挥之不去,在今天仍然产生着极大的效能?谁在今天现在进行时的作品层出不穷,仍然保持着鲜活之力,符合继而超越了他们所谓的"年轻"、"先锋"、"前卫"、"牛逼"?所以我说他们恶毒的诅咒是在助长我骄傲自满的情绪啊!

我不知现在的青年是怎么了?他们那么轻信舆论造势的力量:"搞"某人或者"抬"某人。就是不敢面对那最根本的东西。如今随着网络的出现,连编辑(那可能的"黑哨")都被消灭了,你可以到网上去尽情展示你写作的原生态——不再是"代表作"、"诗选"式的,而是你写作完整的原始风貌,甚至是你这个具体存在的人——现在我无比陶醉的正是这样的自由、公平、竞争,当青年的诅咒声从四面传来。

提名感言

多少有那么点意外,因为心存对某类根深蒂固的评奖模式的由衷敬畏:就好像"年度诗人"、"最佳诗人"只能在"三好诗人"、"德育诗人"、"诗坛好好先生"中产生似的——所以认定这类事情是和自己没什么关系的。

在我名下列出的作品倒是让我想较那么一下真——我也只能跟自己较真:我在 2003 年内不只出版了《我的英雄》(河北教育出版社),还出版了《伊沙诗选》(青海人民出版社)、《伊沙短诗选》(香港银河出版社),总共三部诗集。另外,发表方面值得一提的有我 5000余行的长诗《唐》,在一年之内被《中国诗人》、《作家》、《大家》、《诗刊》、《星星》、《诗选刊》、《敦煌》、《诗参考》等刊选载,《唐》的单行本也将在今年出版。

这在 2003 年度的所谓"诗坛"之上,也算是一个可以说道的"现象"了吧? 尽管如此,我也深知自个儿没戏。原因自明:你人缘不好(在读者中好不算好),形象不具道德的力量而且反之,还有最致命的:从文本上说,你是任何传统审美(哪怕它打着一个"先锋"的旗号)眼中天然的陌生人——生成这样,就没办法啦!

自找台阶顺腿而下是明智的,也是快乐的! 真的,就算我牢骚满腹也早已越过了那一层:认为给了我的世界才是公道的,反之则不公。

顺祝大赛圆满成功！坚持办下去！我还不知道是谁提名了我，但心存感激。谢谢了！你或者你们是那看见了一切并深知的人。

请原谅，这个"提名感言"弄得跟"得奖感言"似的，因为你也就这点可以露脸的机会啦，哈哈哈哈！好了，下面的话是很正经的——

有的人一生都在等待着别人给他授奖，有的人则天天都在给自己发奖——就像孩子取出储蓄罐里的零钱买来糖果发给自己一样。

谢谢妈！我被你生成了后者。

获奖感言

在我的诗写成了我想让它成为的那种样子之后，我就再没有过获奖的记录了。所以此次在《诗参考》获奖对我来说有着"第一次"的意义。

我想一项诗歌奖如果有三个以上的人参评的话，我就永远不可能获奖。如果在我之外还有另一个候选人在场的话，我也不可能获奖。因为在一般正常情况下，三个人参评就会有两个人反对我；有另一个候选人在场——不管他或者她是谁，也会轻而易举地击败我，因为我首先会被评委们裁定写的不是诗，而另一个人不管写得好坏，他或她起码写的是诗。也就是说在这样的评选中我是毫无竞争力的，谁都可以不废吹灰之力地击败我。程序上十分公正的评奖，永远不会将公正覆盖在我的头上。在这种情况下，参赛就成了一种自取其辱。

九十年代以来，我有过两次自取其辱的经历。一次是在九四年，我在身为组织者的诗人朱文杰的鼓动下以我的第一部诗集《饿死诗人》参选当年度的"西安文学奖"，结果在最终获奖的十位诗人中没有我的名字。据一位参评的老诗人私下透露说，其实我连进入投票的程序都没有，是负责诗歌类评奖的诗人闻频指出：如果伊沙获奖，这个奖就不像政府奖了。奇怪的是在发奖那天他们也向我发了请柬，我什么都没想就去了，结果所有认识我的人都来安慰我，怀抱一个个像泡菜坛子似的奖杯到我身边来坐一坐，还有人夸奖我说:没获奖也来，你这是大诗人的胸怀和气派。操！你说当时坐在那儿的我是该哭还是该笑呢?！另一次是在九七年，身为评委之一的诗人吕德安打电话给我说准备推荐我参选"刘丽安诗歌奖"，我听了很高兴就把作品寄去了，结果再无消息。后来一位诗人打电话给我说吕德安又去美国了，说他一直不好意思再打电话给我，因为他把我的作品刚递上去就遭到另一位评委臧棣的拼命反对，据这位打电话的诗人说:吕德安当时都气哭了。如此说来我还是没有进入投票的程序。悉密在北大讲我的诗，他也要站起来抗议。这个小臧棣，用他在"盘峰诗会"上说徐江的话说他:我可没得罪过你呀！我想得罪你——我把你这么个冒充诗人的学术混混儿得罪定了也是在"盘峰诗会"之后的事，你以为靠西渡、桑克、王艾、胡军军等就能搅一搅我的心情？吕德安是一位我十分看重的优秀诗人，我又一次自取其辱完全是出于他对我看重的看重，真是难为你了，德安兄！

　　这一次我是在没有多少精神准备的情况下忽然得到了这么一个奖的，"十年成就奖"，好像也用不着参选，十年里你做了什么应该一目了然。好像也没有一个可称为"评委会"之类的玩意存在，《诗参考》的主编中岛一个人说了算，他说伊沙应该获奖然后我就获了奖。所以这个奖是中岛本人给我的，既然在以往的评奖中，闻频、臧棣可以一个人说了算，他们说:"不!"那么中岛也可以一个人出来说:"是!"我好像也曾一个人说了算过，那是 1998 年度《文友》文学奖——也是迄今为止《文友》颁发的惟一一届文学奖，我说颁给食指，也就这么定了。当时我惟一的一点小依据是:《相信未来》在我的《世纪诗典》栏目中发表后我接到了大量(也是最多)的读者来信。我希望在中岛那里也有一点具体的依据，他的回答令我心定，他说:九三年有我作品小辑的那一期是《诗参考》历史上冲击力最强而且影响最大的一期。

一个人在他充分写作的十年结束的时候，他的一位十分了解他写作成果的朋友授予他一个奖项，他真是快乐极了。没有奖金，没有奖牌，没有仪式，仅仅是一项纯荣誉性的奖励，被他引为十年历程的一个标志。他真是快乐极了。

受奖辞：我追求空翻腾越的诗歌

各位朋友：

回到如火如荼的八月，我应邀给三家报纸同时撰写有关雅典奥运会的日专栏。作为一名单纯的看客，感官的享受良多；而作为一名写诗的，收获也是大大的。在万般感受中，给我留下至深印象的是一位俄罗斯体操名将在体操单杠决赛中的遭遇：它直指我在写诗生涯中所得到的一些人生经验，促使我在当日的专栏文章中如此写道："这一夜太沉闷，收工时却见涅莫夫那一出，竟看得险些落泪！那是人心在挑战权力，那是真正强者的征服，涅莫夫是没有得到金牌，但却得到了一座谁都没有的金矿……"

这个发生在奥运会上的事件让我联想起对诗歌所做的评判（任何评奖应该算这种评判的形式凸现），如果裁判之心原本就是黑的，在此反而失去了谈论的价值，我可以也经常遭受来自于他人的道德审判，但却不屑于在道德这种低层次上去审判他人，我拒绝审判。我以为裁判根据比赛规则所制定出的评分标准才是耐人寻味而值得一谈的——或许这些个裁判是态度更为认真要求更为严格地依照评分标准办事的，他们倍受观众嘲弄与抗议后的满腹委屈在于：两个杠上腾越就是 10 分起评，你个涅莫夫，空翻加腾越，干吗要做六个呢？多做四个，做了也白做，反正我们不会给你更高的起评分，不但不给，你还需要做些自我反省，你是在盲目追求难度的那个年代成长起来的老运动员，而现在的规则与评分标准，是本着保护运动员的人身安全着想而重新设定的……啊哈！这多像盛行于汉语诗坛的评分标准：六个杠上的空翻腾越动作——无论多么惊险刺激，无论多么潇洒漂亮——都从来不会受到鼓励，因为来自我们文化传统的诗歌标准——具体说来是人为化的评分标准只是为满足于落地站稳的平庸者而设定的。

用体育类比诗歌，难免会遇到技术上的尴尬，一样的用词却有着不一样的意义，比如说"难度"：在体操比赛中那是任何一双平凡的肉眼都能够感知的东西，而在诗歌中则大不然，我注意到在汉语诗坛上长期以来大叫大嚷"难度"并以此炫耀的一群人所追求的恰恰是最无真正难度可言的写作，语文修辞层面上的难度——类似于小学生识字阶段所理解的那种生字之"难"，恰恰是没有灵魂、没有血肉、没有情感、没有智慧的平庸者的障眼法与遮羞布。还有我姑妄言之的所谓"人心"，在一场体育比赛中或是别的什么地方它有着多么强大的见证的意味和力量，进入诗歌则纯属虚妄之言，是一个无用的"大词"，体操馆中的一万名观众一眼便可以看出谁才是单杠上最棒的选手，并立即发现黑哨的存在，但如果让这一万名观众投票选出"最佳诗歌"和"最佳诗人"来，那么他们极有可能选出的不是"最佳"而是最差。

所以，诗歌终究不是体育，我也可以在此明言：与体育相比，它是更为复杂更为高级的存在。那么，诗歌评判乃至评奖也就无法等同于竞技体育比赛，结果也就不具有相同的性质。明白了这番道理我自然就是清醒的：今天，我作为一项诗歌奖的获得者之一出现的这个场合中，但我绝对不是一个获胜者。没有理所当然的事，没有舍我其谁的事，除了那存在于现世的俗人的肉身能够得到些许的鼓励和安慰之外，我的诗歌并没有得到什么——如果一定要说"得到"

的话，那么长期以来它所遭受的非议和咒骂，它与奖绝缘的遭际，已经就是很好的一种"得到"了！好的诗歌怎么可能与奖杯、奖金这些东西发生正常的逻辑关系呢？在我的逻辑词典里是没有这种关系的，所以此时此地——说惶惑是言重了，我只是有点不大习惯。

所以，诸位朋友，请允许我做此理解：将此一项"双年诗人奖"授予我的意思是授予了过去两年中一个埋头写作成果稍多的"劳动模范"而已，这样的话，我心里就会感到踏实一分。还有就是：如果我的名字忝列在获奖者的名单中，能够鼓舞那些埋头写作勇于创新作品不断卓有成效的"劳动者"（而对那些混迹于诗坛表面的活动家、游走者、流窜犯、二溜子、会虫子有所打击），并能够唤起人们对于此奖的侧目、关注、尊重与信任的话，我会又感到踏实了一分。

请诸位原谅，我还没有浅薄到因为一己之遇在一次评奖中的有所改善而立马就去修改自己的人生观和世界观的地步，我仍然或者还会更加坚定地认为：对于有限的时空而言，公正是不存在的；而对于那些深通诗歌的长存之道并为此早就做好了准备的诗人，公正似乎也就没有了存在的必要。"千秋万岁名，寂寞身后事"——诗圣的良言已经成了很多当代同行们嚼在口中的口香糖了，可我总觉得诱惑他们的只是前头一句，而在我看来：这两句恰好构成了一个最为强大的至高逻辑：没有后句，你能够得到前句么？你真的准备好了接受这个逻辑并以身试法么？豁得出去么？舍得自己么？道理比谁都明白，至少比谁都讲得明白，做起来却是另外一套！这种人我真是见得太多太多了！有种的咱都朝着永恒使劲！跟时间去做一番较量吧！如此一来，诗人间的关系不也可以变得松快一点了么？道不同不相与谋，是的，但不妨可以做个酒肉朋友，做个表面上的也可以嘛！

公正是不存在的，但我还是要在此感谢在一个小小的局部不放弃为建立公正而努力工作的评委会,在诗歌中富有创造性的劳动成果是要靠独到的创见才能被认知的,你们是看见的人——我将此理解为爱———一种深情大爱! 同时我也要感谢所有为此奖的创设而做出了非凡贡献的人。感谢额尔古纳的朋友们,将我领进这片美得惊心的人间仙境。给我奖掖者,为我知己;赐我灵感者,为我贵人。你们是有心的,毕竟在今天诗歌不属于有利可图的东西。谢谢大家! 我想:作为一名获奖者的我回报诸位回报此奖的最好方法就是:在今后继续为不得奖的命运而写作,为追求六个空翻腾越而不考虑落地站稳的后果而写作——这绝非一时的故作姿态,而是永远的日常状态!

谢谢!

我做故我说

　　"口语诗"这个概念在汉语诗歌的语境中头一次富于尊严感和挑战性的被提出来,是在上个世纪的 80 年代,在风起云涌的"第三代"诗歌运动中。此前,外在勉强具备这一征候(内在追求实则南辕北辙)的作品,要么被当作"百花齐放"的最后一朵,要么倍受歧视地被当作"历史个案"来对待,因此我从来都拒绝用所谓"白话诗"、"民歌体"或远溯王梵志的方式来搅这个严肃的局。

　　"口语诗"这一概念首次被提出的背景正是"第三代"主要诗人所带来的第一次口语诗热潮,它由 1982－1985 年诗人的地下写作实践,通过 1986 年"两报大展"以及在此前后主流媒体对其做出的"生活流"误读而给予的肯定从而占得舆论的上风,1986－1988 年是口语诗写作迅速升温终至泛滥的两年。90 年代,"口语诗"实践中的激进分子借理论界盛行的"后现代热"来和"死亡崇拜"、"历史崇拜"所带来的"知识分子写作"做舆论上的对峙,1999 年爆发的"盘峰论争"正是十年对峙所积压的矛盾外化的一大表现。此后,以"口语诗"的实践者们为实体的"民间写作"再度占得舆论的上风,"口语诗"的风格特点和"口语诗人"的存在方式也十分自然地与新世纪到来后的"网络时代"相交,由此带来了"口语诗"写作的第二次热潮。现在,我们正是坐在这第二次热潮的浪尖上来谈论"口语诗"的发展。

　　据说,"第三代"是在 80 年代在对"朦胧诗"的反拨中来确立自己的,可是韩东在当年就曾呼唤"朴素";据说,"后现代"是在 90 年代对"前现代"的解构中来确立自己的,可是我在当年就曾强调"人话"——这么表述我是试图打破人们一谈及"口语诗"时那种不走脑子的"后置"思维,似乎永远是先有什么然后我们针对什么才做了什么似的。今天我们所谈论的这个范畴内的"口语诗"从来就不是一种仅仅应用于写作的策略,而是抱负、是精神、是文化、是身体、是灵魂和一条深入逼近人性的宽广之路,是最富隐秘意味和无限生机的语言,是前进中的诗歌本身,是不断挑战自身的创造。整整20年来,汉语中的"口语诗"走过了自发轫到渐趋成熟的过程:前期的带有欧化译体特征的拿腔拿调的叙述已经走入后期的气血迸发脱口而出的爽利表达;前期的以文化观念来解构文化观念的笨拙解说已经走入后期置身于生活与生命原生现场的自由自在;前期的日常主义已经走入后期的高峰体验;前期语境封闭中的软语和谐已经走入到后期诗风大开中的金属混响——汉语诗歌也正是由此获得了一个强健的"胃",由"口语"的材料铸成的一个崭新器官,它的消化功能开始变得如此强劲:一条由"口语"原声现场出发,增强个体的"母语"意识,通过激活"母语"的方式而将民族记忆中的光荣拉入到现代语境之中,从而全面复兴汉诗的道路——已经不是说说而已的事,它已在某些诗人的脚下清晰地延伸向前。这是一条伟大之路,它由所谓"口语诗人"踏出出自艺术规律的必然。

我曾发问:既然我们"口语"老被"另"出来谈,那么"非口语"又是什么形态的语言?书面语么?那好,如果一个人的写作是无视并且回避语言的原声现场,我至少可以说这是一种抱负低下的写作吧。理论上辩不清的反对派通常会拎出几个门都没摸着的文学青年的浅陋习作来作为对"口语诗"的攻击,此种方式堪称下流。最终的结论貌似"霸道"但现实却明摆在这里:也只是在平庸的舆论和生态环境中,"口语诗"才与其它的什么"多元并存"。

我在伟大诗歌的原乡

在今天，做一个诗人是否还是引人向往惹人艳羡的职业？我不知道；甚至它作为一项职业严格说来能否成立，我也甚感怀疑。但在我开始与之初次相遇的 18 年前，它却几乎是所有中国青年公有的梦想……

年少时狂热的梦

我的中学同学姜雁飞是把我领到这扇门前的那个人。高一那年，我们俩一起在市里举办的一次征文大赛中获了奖，我得的是一等奖，姜得的是三等奖。本来我们因为不在一个班所以并不怎么熟，但因为一块领奖后来又一块被学校选送去参加市里举办的又一项征文活动而成为朋友。这期间发生在姜身上的一件事对我刺激很大，他居然在《语文报》上发表了一首叫做《太阳礼赞》的六行小诗！《语文报》在当时的中学生中订阅率极高，我看着身边同学捧着报纸轻声朗读着姜的诗，心里真是又羡慕又嫉妒！在市里为新的征文活动而举办的辅导班上，姜雁飞递给我一本《星星》诗刊，我读得有点呆傻，不是因为那些诗，而是因为我忽然发现在我不知道的地方居然有着如此热闹的一个行业！当天夜里我就写下了我平生的第一首诗，我把吃奶的劲都使出来了，动用了自己全部的诗歌知识，

伊沙文化随笔集

写下了一首13行的小诗,发表当然是那首诗的最终目的——而那首诗居然在我投出去的最快时间内,在《陕西日报》的文艺副刊上发出来了。在那儿发表,没被几个同学直接读到,但谁都明白这是比《语文报》更成人化的一份报纸。

我要做一个诗人!——这是我在那一年多少次从心底里发出的一个声音。想起这声音我也会想起一些挺有意思的相关场景。也是在那一年,我也不知道我是不是开始恋爱了,那是后来被我用"初恋"一词蔽之的一段经历。那年暑假,我经常在午睡醒来不起床,想着我的漂亮同桌雷。雷认为我们是在"好",雷承认在我之前与她"好"过的是一个叫葵的男生,当时就在我们那个班,漫画画得非常好,在《讽刺与幽默》上还发过一幅。有一个下午的课间,我正和雷在座位上头挨头地"秘谈",葵拿着一卷漫画从我们面前走过,走到那间平房教室的窗前一步跨了出去,我知道他是给学校的学生美术展送作品去的,我也敏感地注意到他在一步从窗子跨出去的瞬间,回头看了我们一眼——确切地说,是看了雷一眼,小子还不死心啊!当时我也明白他能够吸引雷的地方也就在他的"画家"身份,那时我望了雷一眼,她一直不知道我在心里有着如下的一段独白:雷,我一定要做一个诗人给你瞧瞧!16年后的国庆节,就是江总书记在天安门广场阅兵的那天,我在西安建国饭店的商务中心与14年未见刚从美国回来探亲的雷偶然邂逅,后来我们坐在咖啡厅叙旧时当她偶然得知"诗人伊沙"就是与她当年"好"过的同桌时,依旧漂亮的脸上所流露出的惊喜之色让我获得了十二分的满足感!

与青春期的冲动和理想有关的我的要成为一个诗人的初衷,和我的今天究竟有多大关系?我在"成功手册"一类的读本上读到这也是搏取所谓"成功"的一大要素,我自己的体会是那种十分单纯的狂热劲是非常需要的吧。与此同时,我对"初衷"一词也有了个人化的理解,所谓"幸福人生"真的与你最终对财富与名声占有的多少无关,它不过是把你年少时的"初衷"都一一实现的过程吧。

专业内部的召唤

在理想的意义上做一个诗人和在专业的意义上做一个诗人是两码事。我从 17 岁开始写诗到我 22 岁真正进入写作,中间经历了 5 年时间,用"大干快上"、"只争朝夕"的速成眼光来看这个过程太长了,人们不知道我在这个过程中有多痛苦,尤其是进入大学以后的那 3 年间。谁说少年不知愁滋味,我的少年时代塞满了因为写作而起的愁滋味。我不诅咒我所受过的教育,是这教育打开了我的视野,让我认识到什么是真正的好诗,但当我照着这个路子往下走的时候,我的诗反而发不出来了。意识对头,和你写作所达程度永远是两码事,那时候的痛苦全都是在专业内部无法找到自己和无法自由表达的痛苦啊!

1988 年 6 月的一天,是在下午一个老师的课前,那个老师是我大学时代所遇见的最好的老师,当时已在文坛大名鼎鼎如日中天,他的课我是一定要上的,早早跑到教室里占领座位等着他的到来。可那一天在他还没有到达教室的时候,我就离开了,我忽然来了灵感,觉得有两首诗要写,是两首从一个对我来说全新的形式上涌来的两首诗,我不想在乱哄哄的教室里写,而是急匆匆地往宿舍赶,现在那一幕还历历在目:我气喘吁吁地走着感到自己的身体是一个鱼缸,我如果走得太慢的话,里面的两条小金鱼就会死去——那一天,我没有让它们死去,还多养出了两条来,当同舍的那帮家伙从课堂上回来的时候,我的信纸上已经留下了四首诗。那是我第一次在写诗这件事上发现了自己聪明的四首诗,关键是我把握到了一种适合我个人表达的形式，创造的门被打开了！在随后一年的大学时光，在随后更漫长的岁月中，我开始了专业内部的创造——我视之为真正写作的开始。

我的老师任洪渊先生在课堂上公开讲："艺术是要争第一的啊！"我从来都不是从情怀上来理解这句话的，而是从艺术的可操作性上。"现代派"、"后现代"、"先锋"、"前卫"都是我青年时代所喜欢的"酷词儿"，但对我来说它们都具有个人的意味，我还能够守住一些必要的常识：我的写作绝不是对前人的重复；写作的重要性是存在的，体现为针对写作内部积存问题的创新。我在写作中保持着如下的高度敏感：什么是别人写过的，而什么才是我的；什么是应该全力以赴的，而什么是压根儿没有必要去写的。不管我最终做到了还是没有，我是朝着"前所未有"的路子上逼自己的，在这方面我生平第一次发现了自己的赌徒性格——但不能放弃的一个前提是：在专业面前我不能无知。在这个阶段里，我很快发现了做一个理想意义上的诗人和做一个专业意义上的诗人是矛盾的，单纯地满足前者对我来说已无可能，所以我做好了最终失败的可能。

结果是我成功了吗？就算是吧。发表、出名这些东西是没有意义的，我过早地看到了自己的写作对于前进中的中国诗歌和中国诗人的影响，这种影响每天都在发生，成为一番还算热闹的景象。仅此一点来说，我是幸运的。

做回本质的诗人

35 岁，我还没有厌弃成功，但也不那么低级趣味。从专业的角度上，我还在力图更好，在可以操作的范畴内似乎也不难做到。但与此同时，我更大的兴趣却暗渡陈仓地转移了。诗歌打开了我生命的关节,长久浸淫其中的我并没有注意到这个奇迹的发生:聪明、智慧、才华和原创力只是其中太小的一部分。我有诗相伴的青春其实过得更像中年,那种单一的与文本创造之间的关系,而此时真正步入中年的我生命中却塞满了那么多的神奇和秘密。写作忽然变成在此之下的一个副产品。

12 年前我大学毕业,从北京回到故乡,当我从拥挤的火车站的大门走出来的时候,我知道我是回来写诗的;现在当我每日走在西安城里那些并不繁华的大街上,回想起 12 年前的那次撤退,我知道那是命运的指引:你不是想做一个诗人么? 它就是要让你撤回到中国伟大诗歌的原乡把你的梦想进行到底。我会在这座城的闹市区碰见李白,在一条僻静的小巷碰见杜甫,在一个茶馆的二楼上与王维对坐——亲爱的朋友,这不是诗,不是浪漫主义,而是心灵。我可以告慰那些担心我会在这里憋死的远方好友,我从不孤单,因为气象万千的心灵。

35 岁我想做回本质的诗人,是忽然发现自己本来就是。这个无法构成职业的专业,它最终的意义大概就是指向自身。诗歌是人类解放的事业,而首先应该得以解放的正是诗人自己。亲近的朋友了解我在社会面前并非只能寻求逃逸与隐居的无能之辈,而且本事多多:我在徒手做成了中国第一流的球评人的同时也能够做成一流的足球记者;做一个出色的全天候的媒体策划人,大概也是能够做到游刃有余从容不迫;我长期以来在流行歌曲领域所保持的"低级趣味"也能保证我在此行业当那么一个十三不靠但却是不可或缺的混子;甚至亲近的朋友已经注意到我若从政也不乏才能……这个时代在快速演进中向我展示的那些吃香喝辣的可能性都不能使我动心,因为我是一个诗人,除了一个正常的社会人必须履行的义务责任之外,我已全无杂念,只有一门心思。

春天到来的时候，一位大连的朋友来西安玩，那是我们初次见面，这位朋友倒也言语爽快，他指着我说："你的脸上写满了肉欲，而且你还十分爱钱。"我的回答更是爽快："没错，是，我就这么一人儿。"但是别的呢？别的一切他怎么什么都看不出来？因为别的那些就不那么好看出来了。我正是为了别的那些才想把一个诗人做到底，我知道这能帮助我解决一些生命深层的问题，也能够安妥诸如"灵魂"一类的东西。

我的一天

6:50 老婆将我喊醒,我在她"晚上不愿睡,早晨起不来"的唠叨声中起床、穿衣、洗漱、用简单的早点:咖啡和饼干。7:05 我站在街边招手打车,打车去上课的大学教师我想在全市不会超过 10 个人,但于我实在是没办法的事,从我家到我上课的学院需要从北至南地穿过整座西安城,坐公共汽车的话要么肯定迟到要么就得在 6:00 起床。在出租车上我就不敢再睡了,什么也不做,呆呆地望着早晨的街景,慢慢清醒过来。

7:50 我已站在外语学院 4 号教学楼的教室门口抽烟,这"课前一支烟"十分重要,必须要抽好,要抽得从容镇定,在这一支烟里将冒出讲课的大致线索。然后我扔掉烟蒂,走进课堂。那时是 8:00 或者多一点点。第一节课我会讲到课本上的内容,一册用了七年的《基础写作学》已经被我用烂,对于现在的学生,理论性的东西一定要点到为止、深入浅出。他们感兴趣的是你的举例,是你拉出去讲的那一部分。当然,我在这方面的经验才能已堪称老手。8:50 至 9:00 的课间我会出现在系办公室,喝水,抽烟,跟同事们谈笑风生——这也是我平时惟一跟他们接触的机会了。9:00 开始的第二节课,根据以往惯例我会引入课外的内容,也是学生们最为活跃的时刻,这一次我向他们推荐的是《于坚的诗》——对,就是人民文学出版社"蓝星诗库"刚刚推出的那一本。对我的学生来讲,于坚并不陌生，因为此前我在总讲现代诗时讲到过（那一次最出风头的是李亚伟和他的《中文系》），这一次我讲了于坚的四首诗，最受喜爱的是《给小杏的诗》（谁让班上女生多呢），而最具震撼效果的是《事件：诞生》——于坚在描述生孩子的一般过程时所表现出的强烈质感让他们感到震撼！

9：50 至 10：10 分我在系办公室；10：10 至 12：00 我又在另一个班将头两节课重复了一遍；12：10 出现在学院大门外一家快餐店中的我已经饿坏了，盖浇饭和一罐可乐是我通常的选择，我一边吃一边拆看收到的邮件，刊有我诗文的多种报刊会让心情变得很好。12：30 我登上 24 路公共汽车西去。我目前兼职的杂志社正在城的西侧。13：00 我已趴在杂志社的办公桌上呼呼大睡——这是一天里必须要做的事，我午饭一吃就会立马"晕饭"，如果不睡午觉（打 5 分钟的一个小盹就可以了），我会一直"晕"到晚饭。13：50——也就是离正式上班还有 10 分钟的时间我醒来了，到卫生间洗了一把凉水脸，从此开始精神焕发。14：00 至 15：00 我对组约的两篇稿子做了编辑处理，一篇是阿坚写西藏的游记，一篇是于坚写云南的散文，非常适合这个以"西部开发"为旗的杂志。15：05 分主编让我去一下他的办公室，主编和我是老朋友了，在他那儿先是点上烟（他的好烟）嘻嘻哈哈了一阵，然后开始谈工作，他说我编上去的秦巴子写西安的稿子不错，然后交给我两篇经济类的稿子，希望我在下班前处理完。15：20 至 16：00 两篇稿子出来了，在这期间我还写了一首诗，是我上午讲课时的灵感，写的是我大学实习生活的一个片段。16：05 接到一个电话，是那种召集饭局的电话，我婉拒了，对方似乎有点不高兴，不高兴就不高兴呗。16：10 至 17：00 我在办公室的一台电脑前上网，到我常去的三家诗歌网站转了转，"70 后"诗人扎堆的《诗江湖》，韩东、杨黎、何小竹坐镇的《橡皮论坛》和知识分子气味浓重的《诗生活》，总是能碰上以假名骂我的家伙，我就毫不客气地回上几句——其实是玩。

18:30 我回到家里，儿子也从幼儿园回来了，正坐在电视机前看卡通片，我就陪他看上一阵。19:00 全家共进晚餐。19:40 我端坐于电脑前开始写报纸的专栏文章——我的职业内容还在继续着，而这又是我不得不认真对待的事，因为与教书、编杂志相比，这是最大的一项收入也是我力图使之成为终身性的职业。21:30 我的 1000 字写完了，打印出来交给老婆让她帮我传往所需的报社。21:40 我打开电脑的另一个窗口，我的一首未完成的长诗正在里面等着我——这是我一天中最幸福快乐的时刻，写诗于我最大的意义说出来可能容易叫人丧气，它成了一种休息，一种最为有效的休息。

23:00 我坐在电视机前，妻儿已经入睡了，我一个人坐在客厅里请庸俗的电视节目让自己活跃的思绪平静下来。23:10 接到一个电话，23:25 又接到一个电话，都是很好的朋友，也都是写诗的人。23:50 上床睡觉，觉得有件事情想做还未做，妻已睡熟了。

我在 2003

　　课时汇报给学校——上半年课时量每周 6 节（非典期间拖欠一些），下半年课时量每周 8 节，圆满完成教学任务，比"先进"差不少，比"后进"强一点，符合本人的自我设计与要求，与校方的期许尚有不小差距，来年至尔后也不打算做改进之努力，就这么着了。

　　收入汇报给老婆——亲爱的，对不起！不必等到旧历岁末家庭经济大盘点时你也会发现：此为六年以来我单方面贡献最少的一年，最大的原因是我已结束多年以来在外兼职的生涯，并在你的大力支持下，不再炮制那些现写现卖的时尚文字，以退为进，就这么着了。

　　出版汇报给读者——我在这一年里出版了三本个人专著，而且皆为诗集，它们分别是：《伊沙短诗选》（香港银河出版社中英对照版）、《伊沙诗选》（青海人民出版社）、《我的英雄》（河北教育出版社）——有点太奢侈了！我坚信这是我感动了上帝的缘故！一个只问耕耘不问收获的人也将终有收获……就这么着了。

　　写作汇报给朋友——这一年里，我写作并完成了 36 万字的长篇小说《迷乱》，构思五载，四易其稿，十月完工。写作短诗百余首。改定上一年创作的长诗《唐》。其它文字还有少许……就这么着了。

　　往后，也就这么着了！

　　2003 年值得总结，对我来说，其意义并不在于那点收获：我自

1999 年后长达四年的个人专著（合著不算）的"出版荒"在此告以终结；而是在于一个全新的起始：在此一年，我自青春年少时开始做过觊觎并暗自做好准备的所有写作项目都已搭建好了一个可靠的平台，对于一个意识与才能、定力与意志都毫无问题的"写家"来说，这将是决定性的，终身性的。

这一年里我很少抛头露面，只有 8 月西部行的一次外出，本城的朋友也很少能够见到我，偶尔见面的老友不再说"你又胖了"而是说"你怎么老了"：我想那是白发有添、面带倦容、胡子拉碴的缘故——这个"老"字如果不是指的这些外在浅表特征的话，我倒觉得这是我活得最为"年轻"的一年——我获得了前所未有的勇敢和不计得失的自主性，把一切攥在自己手中，开始全面地豪赌文学……

这辈子，也就这么着了！

从今年起做个幸福的人

　　海子有诗云："从明天起，做一个幸福的人。"我喜欢。也许正是此句让我看到了他曾经尝试过的努力与挣扎，并对他最终失败后对死亡的抉择感到真实可信，感慨不已。

　　谁不想做个幸福的人呢？你或者我。

　　当此夏天，大疫已去，万象更新。我被朋友说成是一个幸福的人，的确，对一名做得十分专业的诗人来说，在四年没有出版诗集之后，我已出和将出的新诗集共有三本之多——这难道不是一种幸福吗？因为一家颇具眼光与魄力的诗刊决定为我最重要的长诗《唐》做个作品与评论的专辑，令我在一周之内在网上网下读到了六位同行朋友高质量的专论和众多点评，人生得二三知己足矣，更何况……——这难道不是一种幸福吗？

　　是的，我很幸福！当天道酬勤，机遇为创造大开。当别人也感受到你的幸福时，你只有拼命点头，连连称是，尽量表现出对生活的一腔感恩与满足。尽管别人对你幸福的感受还远不够大，也并不那么本质。

　　我所感受到的最大幸福更多的来自于另一件事，是从今年春节过后开始着手的一件事——一部三十余万字的长篇小说经过 7 个月几乎一天不拉的写作之后，现已到了最后一周的冲刺阶段，在此之后，或许还需要三个月的最后修改才是它最终完成的模样，但现在我已经可以把握十足地说:"它成了!"这一方面是由于在此7个月的写作中,我采取的是一、二稿同时并进一次完成的"稳扎稳打、步步为营"的写法,另一方面则因为在此已经写出的三十余万字中,我已经向自己充分证明了自己的小说能力并深感信服。

　　这让我想起1988年夏天的北师大校园,有个午后,蝉声四起,阳光灿烂,我的诗窍终于开了!从教室一跑回到宿舍后写下了全新的四首诗,写完之后我便知道自己此生可以干定此事并定将拥有后来的所有作为。15年后战争与瘟疫相继而生的春夏两季,我的小说之窍为我而开。在一个文盲敢于冒充"天才"进而哄骗小文盲的时代里,我对"天才"二字嗤之以鼻——它已经被搞得很脏了,不过是与"神童"、"少年班小学员"同义的狗屎!哪里有生而知之的事?你必须在做好了所有的准备并历尽折磨之后方能七窍大开!我的诗窍开启之前是5年300首的"练习曲",经历过对各种路子的尝试、学习、追随与模仿;小说之窍轰然大开之前是50万字的"习作"积累、37年的生活阅历、顿悟感知……

　　于写作,我并非老谋深算的人,但心诚,冥冥中便自会有人安排。大学毕业时我是一个"写诗的人",便知道需要找一个尽可能稳定又不至于太忙的工作来养活自己——这难道不是常识?网上有个小子跳出来指责我不敢像南京的作家们那样辞职,还说"打死也不敢",我在心里回答他说:是的,我不敢!我需要外人来崇拜与仰慕我的存在方式么?我需要么?我的妻子至今还记得我曾有过很长的一段除了诗歌之外连朋友的约稿也不写的时光,自然也记得我有约必写什么都写尽量多写的日子——这种转变来自于儿子的出生,日常生活需要更多的钱。今年,到我长篇小说开写的那个月,我持续五年一直有着"第二职业"的生活也适时地告一段落,目前的家境似乎也不再需要这么做了。这是我多年以来老实活着直面生活为自己挣来的一份安心,为自己赢得的一项居家写作的权利。与此同时,多年在外奔波所获得的生活积累,也足以让我一直写下去,从这一本到下一本,以至于很多本——此为天意。

而从写作内部来说,诗歌是诞生于灵感的写作(尽管我已经最大限度地发挥了营造灵感的主动性)、散文随笔诗论是以约稿为契机的写作(对我来说完全如此)——这些都不能让我过足写作的大瘾,我是想住在写作的房子里并将写作当作每日工作才会有幸福感的人,于写作而言属于定力与耐力俱佳甚至有点精力过剩的人,在写作上是那种习惯于多说并将一切说大说活的人,是摩拳擦掌跃跃欲试想干"大活儿"的人——如此,长篇小说便终成一种必然的选择。抵达这里我才算找到了"家",我希望在以上三种写作之间建立起的一种美妙的平衡关系,能够构成我整体写作的一个"铁三角"。

从今年开始我可以做个幸福的人了,因为对我而言的永恒幸福已经被我找到,从写出发的人最终回到了写,你在青春年少时为文学做过的所有梦想并为之付出的所有准备全都找到了释放的出口并正在变成物质的形态。没什么好说的了,从今往后,不论我沉默时还是开口时,我都很幸福,因为更多的时间被我利用了,我在写作。

自赏自析(1988—1992)

　　谈论自己的作品就跟在人前谈论自己的老婆似的,有点别扭。这事儿于我倒不算太犯难,由于脸皮厚——具体地说是由于我"老婆"的脸皮厚,不怕我说。曾写过"达达的马蹄是个美丽的错误"的台湾旅美诗人郑愁予批评我诗"难藏玄奥"。盖因如此,它不怕人说。美则美矣,丑则丑矣,我的"老婆"是不戴面纱的。比起那些把诗歌活活弄成哑谜的家伙,此刻我倍感轻松。这是值得庆幸的事!正如我在作品中始终坚持说人话一样,我在谈论自己的作品时也将保持人的嘴脸。这是最容易装神弄鬼的时刻,一个人稍不检点就会鬼话连篇。

　　《结结巴巴》(1991)

　　结结巴巴我的嘴

　　二二二等残废

　　咬不住我狂狂狂奔的思维

　　还有我的腿

　　你们四处流流流淌的口水

　　散着霉味

　　我我我的肺

　　多么劳累

　　我要突突突围

卷
D

自赏自析

你们莫莫莫名其妙

的节奏

急待突围

我我我的

我的机枪点点点射般

的语言

充满快慰

结结巴巴我的命

我的命里没没没有鬼

你们瞧瞧瞧我

一脸无所谓

　　一切似乎都只缘自一个冲动:我要用结巴的语言写一首关于结巴的诗。这冲动早已有之,令我着魔。

　　我要为汉诗打造一个独一无二的"文本",写作此诗时这个念头异常强烈,刺激着我。写就之后却毫无感觉,一切来得太容易了,这份"独一无二"似乎已经不仅仅之于汉诗。

　　我珍视原初的冲动。"文本"永远是后来的事。

　　蓄意制造混乱的"创新"与"实验"已经令我感到厌烦,我要给混乱以秩序。

　　我要让结结巴巴的语言成为一种"机枪点点点射般的语言"。

《饿死诗人》(1990)

那样轻松的　你们

开始复述农业

耕作的事宜以及

春来秋去

挥汗如雨　收获麦子

你们以为麦粒就是你们

为女人迸溅的泪滴吗

麦芒就像你们贴在腮帮上的

猪鬃般柔软吗

你们拥挤在流浪之路上的那一年

北方的麦子自个儿长大了

它们挥舞着一弯弯

阳光之镰

割断麦杆　自己的脖子

割断与土地最后的联系

成全了你们

诗人们已经吃饱了

一望无际的麦田

在他们腹中香气弥漫

城市最伟大的懒汉

做了诗歌中光荣的农夫

麦子　以阳光和雨水的名义

我呼吁:饿死他们

狗日的诗人

首先饿死我

一个用墨水污染土地的帮凶

一个艺术世界的杂种

　　那年冬天的诗坛,不谈与"麦子"相关的事物便无以言。那年冬
天我所见到的"诗人"都变成了一个个贼眉鼠眼的"麦客"。

　　我想骂人! 几年后,有人指出这是在对我们置身其中的时代命

名：这正是一个"饿死诗人"的时代。我始料未及。

这是一篇"宣言"，又兼有"预言"的性质？

老实说，我无意预言什么。今后也不再重犯。

《车过黄河》(1988)

列车正经过黄河

我正在厕所小便

我深知这不该

我　应该坐在窗前

或站在车门旁边

左手叉腰

右手做眉檐

眺望　像个伟人

至少像个诗人

想点河上的事情

或历史的陈帐

那时人们都在眺望

我在厕所里

时间很长

现在这时间属于我

我等了一天一夜

只一泡尿功夫

黄河已经流远

生在红旗下，长在新中国，我无意亵渎我的母亲河。

只是一段个人经历的真实写照。

那时我尚在北京读书，每年放假和开学时都要"车过黄河"，可每一次,我都未能仔细地看过它,总是被一些意想不到的琐事搅扰。

而这些"琐事"似乎又是避不开的,甚至就是我身体的一部分,比一条伟大的河流离我更近,也更要紧更致命。

这是一首"解构"之作?

我想强调的是:"解构"的技巧不是来自知识,而是来自身体。

《中指朝天》(1991)

我的表达

正在退步

又回到最初

很多年

我对世界许下的诺言

比这世界更软

他们拿走我

最后半碗剩饭

并没收了我的餐券

愤怒——如何表达

其实我胆小如鼠

其实我从不敢摸老虎的屁股

但我仍要继续扯蛋

但我仍要把蛋扯得更圆

一种超级流氓的手势十二万分炸弹

中指朝天

中指朝天

我的愤怒无边从不伤及无辜

我在童年的胡同里学来的下流手势,我喜欢它并经常滥用。

我感谢我父亲，他没有责怪和制止我，只是说不要随便朝人。

所以，"中指"只能"朝天"。

"中指朝天"是愤怒之上的愤怒。

《诺贝尔奖：永恒的答谢辞》(1992)

我不拒绝　我当然要

接受这笔卖炸药的钱

我要把它全买成炸药

尊敬的女士们先生们

尊敬的瑞典国王陛下

请你们准备好

请你们一齐——

卧倒！

和许多同行一样，我亦有着不浅的"诺贝尔情节"。

两瓶猫尿下肚，自我感觉良好的时候，我也会幻想自个儿有朝一日人模狗样地在瑞典皇家学院的大厅致辞。

汇编历届诺贝尔受奖辞的书已经被我翻烂，结果发现里边都是道貌岸然之辈，什么"我生在美丽的日本"之类，好玩的主儿一个没有。

放句狂话也撂句实话吧：由一帮国际知识分子老朽评选的此奖绝对不给如我这样贪玩的家伙（正如艾伦·金斯堡就永远得不了）。

那就跟它调调情，仿佛面对美人，爱她而又不能占有她。

这是历届受奖辞中最简洁而又最幽默的一篇？

《法拉奇如是说》(1992)

人类尊严最美妙的时刻

仍然是我所见到的最简单的情景
它不是一座雕像
也不是一面旗帜
是我们高高蹶起的臀部
制造的声音
意思是:"不!"

这是对已故意大利著名记者法拉奇女士一段名言的戏仿。

我是在《非非》复刊号的扉页上读到它的。是一段不错的话,可就是太一本正经了。

我用诗的形式改写了它。

我想证明的是:诗,仍然是人类语言中最具魅力的形式。

《反动十四行》(1991)

在这晌午　阳光底下的大白天
我忽然有一肚子的酸水要往外倒
比泻肚还急　来势汹汹　慌不择手
敲开神圣的诗歌之门　十四行
是一个便盆　精致　大小合适
正可以哭诉　鼻涕比眼泪多得多
少女　鲜花　死亡　面目全非的神灵
我是否一定要倾心此类
一个糙老爷们的浪漫情怀
造就偶尔的篇章　俗不可读　君子不齿
或不同凡响　它就是表现如何的糙
进入尾声　像一个真正的内行　我也知道
要运足气力　丹田之气　吃下两个馒头

上了一回厕所　不得了　过了　过了
我一口气把十四行诗写到第十五行

进入 90 年代以后,"十四行"这种老掉牙的玩意儿突然在中国诗坛上热了起来,让人感到莫名其妙。

这跟里尔克一举成为现代汉诗之神有关。

人人都有"一肚子的酸水要往外倒","比泻肚还急",而"十四行"正是"一只便盆","精致","大小合适"。

喜欢戴着镣铐跳舞一直是汉诗的贱毛病,如今是借西方大师之尸还魂,更叫人恶心!

我的"十四行"是《反动十四行》。我发誓要把"十四行"写到第十五行!

嬉笑怒骂,皆成诗歌。

《命名:日》(1992)

太阳升起来

那男孩跑向天边外

一路笑着　他的笑声

响彻了这个早晨

晨风吹着

太阳升得更高

那男孩手指太阳

给我们布道

"这是——日

日你妈的'日'"

他的声音

响彻了这个早晨

令我这跑来命名的诗人

羞惭一生

命名的使命感已把诗人们折腾得疲惫不堪、困顿不已,而什么是我们命名的依据?

我让一个孩子说出"日",那个孩子就是已经丢失的我。

埋头在书房中的我正一天天把自个儿丢光……

诗人,已经丧失了命名的能力了吗?

我不信。

《广告诗》(1992)

挡不住的诱惑

是可口可乐

非洲儿童的饥渴

咬紧美国奶妈的乳房

拼命吮吸里面的营养

里面的营养是褐色的琼浆

可口可乐新感觉

挡不住的诱惑

这是一个会说话就能当节目主持人,会认字就能做广告的年代。

很多诗人都以"广告人"的身份混饭。

可是,当我写下这首《广告诗》时,仍然受到多方咒骂:我败坏了诗的纯洁。

"诗的纯洁"也是一层膜吗?

评论家李震说可口可乐公司该为此诗给我颁奖,我说不来找茬儿就不错了。

商业文化非但不可怕,还拓宽了我们的视野和诗的空间。

是为明证。

《梅花:一首失败的抒情诗》(1991)

我也操着娘娘腔

写一首抒情诗啊

就写那冬天不要命的梅花吧

想像力不发达

就得学会观察

裹紧大衣到户外

我发现:梅花开在梅树上

丑陋不堪的老树

没法入诗　那么

诗人的梅

全开在空中

怀着深深的疑虑

闷头朝前走

其实我也是装模做样

此诗已写到该升华的关头

像所有不要脸的诗人那样

我伸出了一只手

梅花　梅花

啐我一脸梅毒

又是一首"解构"之作?

我的兴奋点不在于解构了抒情、解构了梅花,而在于把"梅花"解构成了"梅毒"。

从"梅花"到"梅毒",有些粗暴、蛮不讲理,我利用了汉诗的特殊性。

这是一次出我意料的写作,我在词语的历险中获得了非凡的快感。

《实录:非洲食葬仪式上的挽歌部分》(1991)

哩哩哩哩哩哩哩
以吾腹作汝棺兮
哩哩哩哩哩哩哩
在吾体汝再生
哩哩哩哩哩哩哩
以汝肉作吾餐兮
哩哩哩哩哩哩哩
佑吾部之长存
哩哩哩哩哩哩哩
汝死之大悲恸兮
哩哩哩哩哩哩哩
吾泪流之涟涟
哩哩哩哩哩哩哩
汝肉味之甘美兮
哩哩哩哩哩哩哩
吾食自则快哉
哩哩哩哩哩哩哩

在《结结巴巴》之后,我一直试图再度炮制那样一个"独一无二"。

我想让古汉诗在我的诗中"复活"。

《离骚》的语体在非洲歌舞单调的发声中充满了形式意味,我尽量把"拼贴"的技巧用得严丝合缝,不留痕迹。

我终于用古汉语写就了一首"后现代"的诗,从此,我打造"文本"的瘾应当适可而止了。

《没事儿》(1992)

没事儿

没事儿之人站在风里

愣是没事儿

卸掉下巴

卸掉左膀右臂

卸掉大腿不容易

他在努力

把自己大卸八块的感觉

说不出来

在说不出来的感觉里

在风里

没事儿之人有事可干了

他在努力

我从不回避:诗歌也是一种竞技。

至少在某种意义上会是如此,譬如,当我们手中的笔面对一些共同的东西——某种"高峰体验"。

譬如无聊——我已经无法像其他人那样再无聊一次了,我必须找到新的无聊方式。

不去创新的人连无聊一下都是不可能的,这就是写作,竞技的写作。

露脸的时刻到了,或者露怯。

《学院中的商业》(1992)

全民经商

学院中的商业

如雨后春笋

莘莘学子

灵感无边

我是倒卖避孕套的人

在午夜两点

敲开男生宿舍之门

供不应求啊

我借此成为全院首富

并在简单的商业中

学会朴素的真理

人民要什么

就给他们什么

并且树立崇高的信念

全民经商

匹夫有责

在某些中国诗人笔下,连现实也被"隐喻"化了。

我们经常看到用"文革"来隐喻中国当下的现实,是蒙老外(汉学家?)的伎俩。

我要写出我的当下,写出我置身其中的现实,写出我的此时此地。

绝不回避。

任何隐喻都已无法隐喻我们今天的现实。

《老狐狸》(1991)

(说明:欲读本诗的朋友请备好显影液在以上空白之处涂抹一至两遍,《老狐狸》即可原形毕露。)

北岛那首著名的"一字诗"——《生活》(网)使我念念不忘又难以满足。我一直想写一首"无字诗"。

我写了《老狐狸》:标题以下未置一字。

我在重读时发现了它的"尾巴"——人造的痕迹太重。

后来,我在它的下端加注了两行字,竟取得意想不到的效果。

有的读者真的动用了显影液,自然他们一无所获,指责我是骗子。

我回答说:老狐狸的尾巴是不容易被抓到的。

是读者的参与和我共同完成了此诗。

诗歌中的行为艺术或曰"行动的诗歌"。